Escalofríos

Escalofríos

El ataque del mutante

Traducción
Pedro P. Polo

GRUPO
EDITORIAL
norma

Barcelona, Bogotá, Buenos Aires, Caracas, Guatemala,
México, Miami, Panamá, Quito, San José, San Juan,
San Salvador, Santiago de Chile.

Título original en inglés:
GOOSEBUMPS 25
ATTACK OF THE MUTANT
de R.L. Stine

Una publicación de Scholastic Inc.
APPLE PAPERBACKS
555 Broadway, New York, NY 10012, U.S.A.
Copyright © 1992 by The Parachute Press Inc.
All rights reserved. Published by arrangement with
Scholastic Inc. GOOSEBUMPS and ESCALOFRÍOS and logos
are registered trademarks
of Parachute Press, Inc.

Copyright © 1996 para México y América Latina por
Editorial Norma S.A. Apartado Aéreo 53550, Bogotá, Colombia.

Prohibida la reproducción total o parcial de esta obra,
por cualquier medio, sin permiso escrito de la Editorial.

Impreso por Cargraphics S. A. — Imprelibros
Impreso en Colombia — Printed in Colombia
Octubre, 1996

Edición, María Candelaria Posada
Dirección de arte, María Clara Salazar

A Parachute Press Book
ISBN: 958-04-3446-8

Escalofríos

¡DÉJATE ATRAPAR
POR EL CLUB ESCALOFRÍOS!

Es fácil...
Llena este cupón escribiendo todos tus datos
en letra imprenta muy clara y envíalo pronto
a Editorial Norma.

(Busca la dirección de tu país al respaldo de este volante,
Si no está envíala a la dirección en Colombia.)

Nombre: _____

Apellido: _____

Dirección: _____

_____

Ciudad: _____

País: _____

Colegio: _____

Fecha de Nacimiento: Día☐ Mes☐ Año☐

A vuelta de correo te sorprenderemos con información
muy interesante y muchas cosas más...

GRUPO
EDITORIAL
norma
INFANTIL · JUVENIL

GRUPO EDITORIAL norma
INFANTIL·JUVENIL

COLOMBIA
Grupo Editorial Norma
Infantil - Juvenil
A.A. 46 Cali
Colombia

ARGENTINA
Editorial Norma
Moreno 376 Piso 4
1091 Buenos Aires 541
Argentina

COSTA RICA
Ediciones Farben S.A.
Pavas, 500 Metros Oeste
de la Sylvannia
San José, Costa Rica

PUERTO RICO
Distribuidora Norma Inc.
Royal Industrial Park
Carretera 869 Km 1.5
Bo. Palmas, Cataño
P.O. Box 5040
San Juan 00919
Puerto Rico 00962

PANAMÁ
Editorial Norma de Panamá
Vía Tucumen - Apartado 7596
(400 mts después de Puente Tapia)
Panamá, República de Panamá.

VENEZUELA
Editorial Excelencia C.A.
Calle 8 Edificio Lance Piso 1-2
Urbanización La Urbina
Zona Postal 1050 Sabana Grande
Caracas, Venezuela.

PERÚ
Torre Basadre
990 San Isidro
Lima - Perú

REPÚBLICA DOMINICANA
Calle Luis Alberti
No. 20 Casi Esquina Mejía Ricart
Ensanche Naco, Santo Domingo

MÉXICO
Grupo Editorial Norma
Av. Presidente Juárez No. 20-04
Col. Los Reyes Iztacala - CP 54090
Tlalnepancla
Estado de México.

EL SALVADOR
Grupo Editorial Norma S.A. de C.V.
Av. Sisimiles y 39 Av Norte
Metrogalería Primer Nivel
Locales 1 - 14 y 1 -15
San Salvador, El Salvador.

CHILE
Editorial Norma de Chile
Avenida Costanera
Andrés Bello 1531
Providencia
Santiago de Chile, Chile.

GUATEMALA
Grupo Editorial Norma S.A.
2 Calle No 15-68 Zona 13
Ciudad de Guatemala
Guatemala C.A.

ECUADOR
Edinorma del Ecuador
Belo Horizonte 252 y Av 6 de
Diciembre
Apartado Aéreo 2396
Quito, Ecuador

1

—Hey... ¡deja eso!

Le arrebaté la revista de historietas a Wilson Clark y alisé su cubierta de plástico.

—Sólo estaba hojeándola —refunfuñó.

—Con una sola huella digital, perderá la mitad de su valor —le dije. Examiné la portada a través de la cubierta transparente—. Éste es un *Cisne Plateado* Número Cero —le advertí—. Y está en condiciones intactas.

Wilson meneó la cabeza. Tiene pelo rubio rizado y redondos ojos azules. Siempre parece estar confundido.

—¿Cómo puede ser Número Cero? —preguntó—. Eso no tiene sentido, Skipper.

Wilson es un buen amigo mío. Pero algunas veces creo que es caído de otro planeta. No sabe absolutamente nada.

Le puse enfrente la portada de *Cisne Plateado* para que pudiera observar el gran cero en la esquina.

—Esto lo convierte en una edición de coleccionista —le expliqué.

—El Número Cero sale antes que el Número Uno. Esta revista de historietas vale diez veces lo que vale el Cisne Plateado Número Uno.

—¿Ah? ¿Sí? —Wilson se rascó su cabellera rizada. Se agachó sobre el piso y comenzó a escarbar entre mi caja de revistas—. ¿Por qué están todas tus revistas de historietas en esas bolsas plásticas, Skipper? ¿Cómo puedes leerlas?

¿Ven? Ya se los dije. Wilson no sabe nada.

—¿Leerlas? Yo no las leo —le repliqué—. Si uno las lee, pierden su valor.

Me miró desconcertado.

—¿No las lees?

—No puedo sacarlas de las bolsas —le expliqué—. Si abro la bolsa dejarán de estar en condiciones intactas.

—¡Ah, ésta si es especial! —exclamó. Sacó una copia de *El Lobo Estrella*—. Tiene cubierta metálica.

—No vale nada —musité—. Es una segunda impresión.

Se quedó mirando la cubierta plateada, dándole vueltas entre sus manos, haciendo que brillara a la luz.

—Especial —dijo entre dientes. Ésa es su palabra favorita.

Habíamos subido a mi alcoba alrededor de una hora después de cenar. Por la ventana doble se veía el firmamento negro. Oscurece muy temprano en el invierno. No como en Orcos III, el planeta del Cisne Plateado, donde el sol nunca se pone y todos los

6

superhéroes tienen que llevar disfraces con aire acondicionado.

Wilson había venido en busca de la tarea de matemáticas. Vive al lado y siempre se le olvida el libro de matemáticas en la escuela... así que siempre tiene que venir a que le preste la tarea.

—Deberías coleccionar revistas de historietas —le insinué—. En unos veinte años, éstas valdrán millones.

—Colecciono sellos de caucho —dijo alzando una revista anual de *Pelotón-Z*. Examinó la propaganda de zapatos de tenis en la contraportada.

—¿Sellos de caucho?

—Sí. Tengo unos cien —dijo.

—¿Para qué sirven los sellos de caucho? —le pregunté.

Puso la revista otra vez en la caja y se levantó.

—Bueno, puedes estampar sellos en las cosas —contestó limpiándose las rodillas de los pantalones—. Tengo almohadillas con tintas de diversos colores. O puede uno simplemente mirarlos.

Definitivamente él es raro.

—¿Son valiosos? —inquirí.

Meneó la cabeza.

—No lo creo —tomó la hoja de tarea de matemáticas del pie de la cama—. Es mejor que me vaya a casa, Skipper. Nos veremos mañana.

Se dirigió a la puerta y lo seguí. Nuestras imágenes se reflejaron en el espejo de mi escaparate. Wilson es muy alto y delgado, rubio y de ojos azules. Al lado de él yo me siento como una oscura mancha rechoncha.

En una historieta, Wilson sería el superhéroe y yo sería el acompañante. Yo sería el tonto gordiflón que siempre se tropieza con todo.

Por fortuna la vida real no es una historieta... ¿no es cierto?

Tan pronto como Wilson se fue, regresé a mi escaparate. Con el rabillo del ojo vi sobre el espejo un letrero grande escrito con computadora: SKIPPER MATTHEWS, EL VENGADOR EXTRANJERO.

Hace un par de semanas, mi papá le había pedido a alguien en su oficina que me hiciera ese letrero para el día en que cumplí doce años.

Debajo del letrero, tengo dos afiches grandes pegados en los dos costados del escaparate. Uno es de Jack Kirby, el Capitán América. Es antiguo y a lo mejor vale unos mil dólares.

El otro es más reciente... un afiche de *Huevos de Pez* hecho por Todd McFarlane. Es realmente grandioso.

Al acercarme al escaparate pude ver, reflejada en el espejo, la expresión de emoción que tenía mi cara.

Sobre el escaparate me esperaba un sobre pardo.

Mi mamá y mi papá me habían dicho que no podía abrirlo sino cuando hubiera terminado mi tarea, después de la cena. Pero no podía esperar.

Sólo con mirar el sobre, sentía los latidos de mi corazón.

Sabía lo que contenía. Solamente pensarlo hizo que mi corazón latiera aún más fuerte.

Con cuidado alcé el sobre. Tenía que abrirlo ya. Tenía que hacerlo.

2

Con cuidado, con cuidado, abrí el sobre. Metí la mano y saqué el precioso tesoro.

El número de este mes de *El Mutante Enmascarado*.

Agarré la revista con ambas manos y examiné la portada. *El Mutante Enmascarado # 24*. En letras rojas había un letrero de lado a lado, en la parte inferior, que decía:

UN APRETÓN FUERTE

PARA EL SENSACIONAL ESPONJOSO

El arte con que estaba hecha la portada era sensacional. Mostraba al Esponjoso Viviente, conocido en todo el universo como el Esponjoso de Acero, en terribles problemas. Los tentáculos de un pulpo gigantesco lo tenían atrapado. ¡El pulpo lo estaba triturando hasta dejarlo seco!

Sensacional. Definitivamente sensacional.

Guardo todas mis revistas intactas, envueltas en bolsas de coleccionista. Pero hay una revista que sí tengo que leer todos los meses. Se trata de *El Mutante Enmascarado*.

Tengo que leerla apenas sale. Y la leo de portada a contraportada, cada palabra de cada cuadro. Leo inclusive la página de las cartas.

Es porque *El Mutante Enmascarado* es la historieta mejor dibujada y mejor escrita en el mundo. Y el Mutante Enmascarado seguramente es ¡el más poderoso y perverso villano que ha sido creado!

Lo que lo hace tan aterrador es que puede mover sus moléculas de un lado para otro.

Eso significa que puede transformarse en cualquier cosa sólida. ¡Cualquier cosa!

En esta portada, el pulpo gigantesco es en realidad el Mutante Enmascarado. Uno puede adivinarlo porque el pulpo tiene puesta la máscara que el Mutante Enmascarado siempre lleva.

Pero él puede transformarse en cualquier animal u objeto.

Así es como se escapa siempre de La Liga de los Jóvenes Buenos. Hay seis super-héroes diferentes en La Liga de los Jóvenes Buenos. También son mutantes, con poderes extraordinarios. Y son los mejores aliados de la ley en el mundo. Pero no pueden atrapar al Mutante Enmascarado.

Aún el líder de la liga, la Gacela Galopante, el hombre más rápido del sistema solar, no tiene la velocidad suficiente para equipararse con el Mutante Enmascarado.

Examiné la portada por algunos minutos. Me gustó la forma en que los tentáculos del pulpo estrujaban al

Esponjoso Viviente hasta convertirlo en un trapo endeble. Por su expresión, se podía ver que el Esponjoso de Acero estaba mortalmente adolorido.

Sensacional.

Me llevé la revista a la cama y me acosté boca abajo para leerla. La historia comenzaba donde había terminado *El Mutante Enmascarado* # 23.

El Esponjoso Viviente, el mejor nadador bajo el agua del mundo, estaba en lo más profundo del océano. Trataba desesperadamente de escaparse del Mutante Enmascarado. Pero la capa del Esponjoso de Acero se había enredado en el borde de un arrecife de coral.

Volteé la página. Acercándose, el Mutante Enmascarado movió sus moléculas de un lado para otro. Y se convirtió en un inmenso pulpo tosco.

Había ocho dibujos mostrando como se había transformado el Mutante Enmascarado. A continuación había una página entera que mostraba al enorme pulpo extendiendo sus resbalosos tentáculos gruesos para agarrar al indefenso Esponjoso Viviente.

El Esponjoso Viviente luchó por alejarse.

Pero los tentáculos del pulpo se deslizaron cada vez más cerca. Más cerca.

Comencé a voltear la página. Pero antes de que pudiera moverme, sentí que algo resbaloso y frío me agarraba por el cuello.

3

E mití un sonido entrecortado y luché por liberarme. Pero los fríos tentáculos me apretaron con más fuerza por la garganta.

No podía moverme. No podía gritar.

Oí risotadas.

Con gran esfuerzo di media vuelta. Y vi a Mitzi, mi hermana de nueve años. Cuando la miré, me quitó las manos de la garganta y saltó hacia atrás.

—¿Por qué tienes las manos tan frías? —inquirí.

Se le formaron dos hoyuelos en las mejillas al sonreírme con esa expresión inocente que pone:

—Las puse en la nevera.

—¿Hiciste qué? —exclamé—. ¿Las pusiste en la nevera? ¿Para qué?

—Para que se me enfriaran —replicó sin dejar de sonreír.

Mi hermana tiene un sentido del humor realmente estúpido. Su pelo es liso y castaño oscuro como el mío. Y es bajita y un poco gordita como yo.

—Casi me matas del susto —le dije sentándome en la cama.

—Lo sé —replicó. Restregó sus manos en mis mejillas. Todavía estaban frías.

—¡Huy! Aléjate, Mitzi —la empujé para atrás—. ¿Para qué subiste acá? ¿Solamente para asustarme?

Meneó su cabeza:

—Mi papá me pidió que subiera. Para que te dijera que si estás leyendo revistas de historietas en lugar de hacer tu tarea, vas a tener grandes problemas.

Posó sus ojos pardos en la revista de historietas abierta sobre la cama:

—Creo que tienes grandes problemas, Skipper.

—No. Espera —la agarré por el brazo—. Ésta es la nueva revista sobre el Mutante Enmascarado. ¡Tengo que leerla! Dile a mi papá que estoy haciendo la tarea de matemáticas y...

No terminé lo que estaba diciendo porque mi papá entró a la alcoba. En sus anteojos se veía reflejada la lámpara del techo. Aún así podía darme cuenta de que sus ojos estaban puestos en la revista de historietas abierta sobre mi cama.

—Skipper... —vociferó sonoramente.

Mitzi salió corriendo del cuarto por entre las piernas de mi papá. A ella le encanta armar líos. Pero no le gusta quedarse cuando las cosas se ponen realmente bien feas.

Y yo sabía que las cosas iban a ponerse feas... porque en esa misma semana ya me habían advertido unas

14

tres veces que estaba dedicándole mucho tiempo a mi colección de revistas de historietas.

—Skipper, ¿sabes por qué estás sacando tan malas calificaciones? —bramó mi papá.

—¿Porque no soy muy buen estudiante? —repliqué.

Error. Mi papá detesta que le replique.

Mi papá me recuerda a un oso grande. No solamente porque gruñe mucho. Sino porque es grande y fornido. Su negro pelo es corto y casi no tiene frente. De veras. Su pelo comienza justo encima de sus anteojos. Y tiene un vozarrón fuerte como el rugido de un oso.

Pues bien, apenas le repliqué, rugió furiosamente. En seguida cruzó la alcoba y alzó la caja de cartón con mis revistas... mi colección entera.

—¡Qué lástima, Skipper, voy a botar todo esto!

—Gritó y se dirigió a la puerta.

4

Ustedes se imaginarán que yo entré en pánico. Que comencé a suplicarle y a rogarle que no botara mi valiosa colección.

Pero no dije nada. Sencillamente me quedé quieto al lado de la cama con los brazos colgando a mis lados y esperé.

Ustedes deben saber que mi papá ha hecho esto antes. Muchas veces. Pero en realidad no lo hace en serio.

Tiene mal genio, pero no es un supervillano. En realidad, la mayoría de las veces yo lo pondría en La Liga de los Jóvenes Buenos.

Su principal problema es que no aprueba las historietas. Cree que sólo son basura. Aún cuando le explico que mi colección probablemente valdrá millones cuando yo tenga su edad.

En todo caso, me quedé quieto y esperé en silencio.

Mi papá se detuvo en la puerta y dió media vuelta. Sostenía la caja con ambas manos. Entrecerró sus ojos oscuros para mirarme a través de la montura negra de sus lentes.

—¿Vas a comenzar tu tarea? —me preguntó con firmeza.

Yo asentí:

—Sí, señor —musité mirándome los pies.

Bajó la caja un poco. Es bien pesada, inclusive para un hombre grande y fuerte como él.

—¿Y no vas a desperdiciar más tiempo esta noche con historietas? —exigió.

—¿No puedo solamente terminar esta nueva? —pregunté señalando la revista *El Mutante Enmascarado* en la cama.

Otro error.

Me rugió y se volteó para llevarse la caja de cartón.

—¡Está bien! ¡Está bien! —sollocé—. Perdóname. Me pondré a hacer la tarea, papá. Te lo prometo. Comenzaré de inmediato.

Refunfuñó y volvió a entrar al cuarto. Luego dejó caer la caja en la parte de atrás contra la pared.

—Solamente piensas en eso noche y día, Skipper —dijo calmadamente—. Historietas, historietas. No es saludable. De veras. No lo es.

No dije nada. Sabía que ya iba a irse para abajo otra vez.

—No quiero saber nada más sobre historietas —dijo ásperamente—. ¿Me entiendes?

—Está bien —murmuré—. Perdóname, papá.

Esperé hasta cuando oí sus fuertes pisadas bajando las escaleras. En seguida volví al nuevo número de *El Mutante Enmascarado*. Estaba desesperado por saber cómo se había escapado el Esponjoso Viviente del gigantesco pulpo.

Pero alcancé a oír que Mitzi estaba cerca. Todavía estaba arriba. Si ella se percataba de que yo estaba leyendo la revista, bajaría corriendo a contarle a mi papá. La afición de Mitzi es ser soplona.

Así que abrí mi morral y comencé a sacar el cuaderno de matemáticas y mi texto de ciencias y otros útiles que necesitaba.

Tan rápido como pude, hice un recorrido por los problemas de matemáticas. Lo más probable es que haya contestado mal la mayoría de las preguntas. Pero no importa. De todas maneras no soy bueno para las matemáticas.

En seguida leí en mi libro de ciencias el capítulo sobre átomos y moléculas. Leer sobre moléculas me hizo pensar en el Mutante Enmascarado.

Estaba desesperado por volver a la historieta.

Por fin terminé mis tareas un poco después de las nueve y media. Tuve que saltarme unas pocas preguntas en la tarea de literatura. Al fin y al cabo solamente unos pocos cerebros de la clase responden ¡todas las preguntas!

Bajé y me preparé un plato de cereales, mi refrigerio favorito tarde en la noche. Luego les di las buenas noches a mis papás, me apresuré a regresar arriba a mi alcoba y cerré la puerta tras de mí, deseoso de meterme otra vez en la cama para comenzar a leer.

Nuevamente en lo profundo del océano, el Esponjoso Viviente se escapó comprimiéndose hasta estar tan chiquito que pudo escabullirse por entre los tentáculos del pulpo. "Sensacional", pensé.

El Mutante Enmascarado meneó sus tentáculos rabiosamente y juró que aprisionaría al Esponjoso Viviente en otra ocasión. A continuación cambió sus moléculas hasta verse otra vez como él mismo y voló a su cuartel general.

¡Su cuartel general!

Me quedé mirando la historieta emocionado.

Nunca antes se había revelado el cuartel general secreto del Mutante Enmascarado. Claro que nos habían mostrado ojeadas fugaces de uno o dos cuartos desde adentro.

Pero ésta era la primera vez que mostraban el edificio desde afuera.

Acerqué la página a mi cara para examinarlo con cuidado.

—¡Qué sitio tan extraño! —exclamé en voz alta.

El edificio del cuartel general no se parecía a ningún otro edificio que yo hubiera visto. Ciertamente no tenía la apariencia de ser el escondite secreto del peor villano del mundo.

Más bien se parecía a un hidrante gigante. Un muy

alto hidrante que llegaba hasta el cielo. Estucado, rosado, con una gran cúpula verde.

—Extraño —repetí.

Pero desde luego era el perfecto escondite. ¿Quién podría haberse imaginado que el super malo de todos los tiempos viviría en un edificio que parecía ser un enorme hidrante rosado?

Volteé la página. El Mutante Enmascarado se introdujo al edificio y se metió en un ascensor. Subió hasta el último piso y entró a su centro de comunicaciones privado.

Esperándolo allí estaba... una gran sorpresa. Una figura oscura. Solamente nos mostraban su silueta negra.

Pero pude adivinar instantáneamente quien era. Era la Gacela Galopante, líder de La Liga de los Jóvenes Buenos.

¿Cómo había podido entrar la Gacela? ¿Qué se proponía hacer?

Continuará el próximo mes.

"Huy". Cerré la historieta. Sentía mis párpados pesados. Mis ojos estaban demasiado cansados para leer el tipo pequeño de letra en que estaba escrita la página de cartas. Decidí posponerlo para el día siguiente.

Bostezando, puse la revista cuidadosamente en la mesa de noche. Me quedé dormido antes de que mi cabeza tocara la almohada.

Dos días después, en un día muy despejado y frío, Wilson llegó corriendo después de clases. Tenía abierto su abrigo azul. Nunca se cerraba la cremallera. No le gustaba como se le veía el abrigo cuando la cremallera estaba cerrada.

Yo llevaba una camisa, una chaqueta elástica de lana y encima un pesado abrigo acolchonado, cerrado hasta el cuello... y aún así sentía frío.

—¿Qué te sucede, Wilson? —le pregunté.

Su respiración humeaba del frío que hacía.

—¿Quieres venir a ver mi colección de sellos de caucho?

¿Estaba bromeando?

—Tengo que ir al ortodoncista —le respondí—. Mi freno ya no me molesta. Él tiene que apretarlo para que me vuelva a doler.

Wilson meneó la cabeza. Sus ojos azules hacían juego con su abrigo.

—¿Cómo vas a ir hasta allá?

Señalé el paradero del autobús.

—En el autobús urbano —le contesté.

—Te he visto montar mucho en autobús —me dijo.

—Hay una tienda de revistas de historietas en la calle Goodale —le repliqué, echándome el morral para el otro lado de los hombros—. Voy allá en autobús más o menos una vez a la semana para ver qué historieta ha salido. El ortodoncista queda sólo a unas cuadras de ahí.

—¿Tienen sellos de caucho en esa tienda de revistas? —preguntó Wilson.

—No creo —respondí. Vi el autobús urbano de color azul y blanco doblando la esquina—. Tengo que correr. Te veré más tarde —le dije.

Di media vuelta y corrí a la mayor velocidad posible hasta el paradero del autobús.

El conductor era un hombre simpático. Me vio correr y me esperó. Sin aliento le di las gracias y me monté al autobús.

Probablemente no le habría dado las gracias si hubiera sabido adonde me iba a llevar ese autobús. Pero no sabía que me llevaría a la aventura más pavorosa de toda mi vida.

5

El autobús iba inusualmente lleno. Estuve de pie por un rato. Después se bajaron dos personas y me acomodé en un asiento.

A medida que el autobús saltaba a todo lo largo de la calle principal, yo observaba las casas que pasábamos y sus antejardines. Negras nubes flotaban bajitas sobre los techos. Me pregunté si iríamos a tener la primera nevada del invierno.

La tienda de revistas de historietas estaba a pocas cuadras. Miré mi reloj pensando que quizás tenía tiempo de parar allí antes de la cita con el ortodoncista. Pero no. Hoy no había tiempo para historietas.

—Hey, ¿vas a la escuela Franklin? —una voz de niña interrumpió mis pensamientos.

Me volteé y me di cuenta de que una niña había ocupado el asiento a mi lado. Tenía el pelo de color zanahoria, amarrado atrás en una sola trenza. Sus ojos eran verdes y tenía pecas pálidas en su nariz.

Llevaba un pesado abrigo a cuadros rojos y azules, de los que usan para esquiar, sobre unos pantalones desteñidos. Se había quitado el morral de la espalda y lo tenía sobre las piernas.

—Sí. Estoy en esa escuela —contesté.

—¿Qué tal es? —preguntó. Entrecerró sus ojos verdes al mirarme como si me estuviera examinando.

—Es buena escuela —respondí.

—¿Cómo te llamas? —inquirió.

—Skipper —le dije.

Soltó una risita: —Ése no es un nombre verdadero, ¿o sí?

—Así es como todo el mundo me llama —exclamé.

—¿Vives en un barco o algo por el estilo? —preguntó. Sus ojos se arrugaron. Podía darme cuenta de que se estaba burlando de mí.

Supongo que Skipper es un nombre medio tonto. Pero ya me acostumbré a él. Me gusta mucho más que mi nombre real... Bradley.

—Cuando era niñito, estaba siempre de afán —le expliqué— así que brincaba mucho. Por eso comenzaron a llamarme Skipper[1].

—Qué simpático —replicó con una sonrisa boba.

"Creo que esta niña no me gusta", me dije.

—¿Cómo te llamas tú? —le pregunté.

---

[1] En el idioma original, Skipper 'significa saltador o saltadora', 'brincador o brincadora'. También es el sobrenombre con que se suele llamar al capitán de un barco.— Nota del traductor.

—Skipper —contestó sonriendo—. Lo mismo que tú.

—No. De verdad —insistí.

—Libby —dijo finalmente—. Libby Zacks —se puso a mirar por la ventana a lo lejos. El autobús se detuvo ante la luz roja de un semáforo. Un bebé comenzó a llorar atrás.

—¿Adónde vas? —me preguntó Libby—. ¿A tu casa?

No le quería revelar que tenía una cita con el ortodoncista. Eso era algo idiota.

—Voy a la tienda de las revistas de historietas —le dije—. La que queda en la calle Goodale.

—¿Coleccionas historietas? —parecía sorprendida—. Yo también.

Ahora fui yo el sorprendido. La mayoría de coleccionistas de revistas de historietas que conozco son muchachos.

—¿De qué clase coleccionas tú? —inquirí.

—*Harry & Beanhead en la Secundaria* —respondió—. Colecciono las de tamaño condensado y también algunas de las de tamaño ordinario.

—Huy —hice cara de desagrado—. ¿Harry y su amigote Beanhead en la secundaria? Esas historietas son horribles.

—¡No lo son! —insistió Libby.

—Son para bebés —musité—. No son historietas de verdad.

—Están muy bien escritas —replicó Libby—. Y son graciosas —me sacó la lengua—. Quizás tú no las entiendes.

—Sí. Quizás —dije volteando los ojos.

Atisbé por la ventana. El cielo se había oscurecido más. No reconocí ninguna de las tiendas. Vi un restaurante llamado Perla y una barbería pequeñita. ¿Nos habríamos pasado de la tienda?

Libby puso las manos sobre su morral rojo.

—¿Qué coleccionas tú? ¿Toda esa basura de super-héroes?

—Sí —le dije—. Mi colección vale alrededor de mil dólares. A lo mejor dos mil.

—En tus sueños —reviró riéndose.

—Las historietas de Harry en la secundaria nunca aumentan de precio —le informé—. Inclusive las Número Uno no valen nada.

—¿Por qué habría de venderlas? —argumentó—. Yo no quiero venderlas. Y no me importa cuánto valgan. Solamente quiero leerlas.

—Entonces no eres coleccionista de verdad —declaré.

—¿Todos los niños que van a la escuela Franklin son como tú? —preguntó Libby.

—No. Yo soy el más sensacional —exclamé.

Ambos nos reímos.

Todavía no sabía bien si me gustaba o no. Era más bien bonita. Y era detestablemente cómica.

Dejé de reírme cuando al atisbar por la ventana me di cuenta de que definitivamente me había pasado de mi parada. Vi árboles deshojados en un parque pequeño que no había visto jamás. El autobús pasó raudo por delante de él y vi más tiendas desconocidas.

El pánico se apoderó de mí como una puñalada en el pecho. No conocía este barrio para nada.

Timbré y me levanté de un salto.

—¿Qué te pasa? —preguntó Libby.

—Mi parada. Se me... me pasó —dije tartamudeando.

Echó sus piernas hacia el pasillo para que pudiera deslizarme frente a ella. El autobús se detuvo chirriando. Le dije adiós y me apresuré hacia la puerta trasera.

"¿Dónde estaré?", me pregunté mirando a mi alrededor. "¿Por qué me dejaría enredar en una discusión con esa niña?" ¿Por qué no había estado atento?

—¿Te encuentras perdido? —preguntó una voz.

Me volteé y para mi sorpresa vi que Libby se había bajado del autobús detrás de mí.

—¿Qué haces aquí? —pregunté abruptamente.

—Ésta es mi parada —contestó—. Vivo a dos cuadras de aquí en esa dirección —señaló.

—Debo regresar —dije volteándome para irme.

Al voltearme algo apareció ante mis ojos que me hizo atorar.

—Oh —grité horrorizado mirando fijamente al otro lado de la calle—. Pero... eso es ¡imposible! —exclamé

Tenía frente a mí a un edificio alto en la otra esquina. Un alto edificio estucado de color rosado con una brillante cúpula verde.

Estaba ante el cuartel general secreto del Mutante Enmascarado.

6

—Skipper... ¿qué te sucede? —gritó Libby.

No era capaz de responderle. Miraba el edificio en frente con ojos desorbitados. Estaba boquiabierto. ¡Mi quijada me llegaba a las rodillas!

Levanté mis ojos hacia el brillante techo verde. Luego los fui bajando lentamente a lo largo de las relucientes paredes rosadas. En la vida real, nunca había visto colores como esos. Eran colores de revistas de historietas.

Era un edificio de revista de historieta.

Pero ahí estaba, ubicado en la esquina de enfrente.

—¿Skipper? ¿Te sientes bien? —la voz de Libby sonaba bien lejos.

"¡Es real! —Me dije a mí mismo. —El edificio del cuartel general secreto del Mutante Enmascarado ¡es real!"

¿O no?

Sentí que dos manos me estremecían por los hombros, sacándome de mi aturdimiento.

28

—¡Skipper! ¿Estás conmocionado o qué te pasa?

—¡Ese... ese edificio! —tartamudeé.

—¿No te parece lo más feo que hayas visto? —preguntó Libby moviendo su cabeza. Se echó para atrás su trenza color zanahoria y se colocó el morral en los hombros.

—Pero es... es... —todavía era incapaz de hablar.

—Mi papá dice que el arquitecto debe ser daltónico —exclamó Libby—. Ni se parece a un edificio. Se parece a un dirigible parado en la nariz.

—¿Hace cuánto está ahí? —le pregunté mientras examinaba con mis ojos las puertas de vidrio que eran su única entrada.

Libby alzó sus hombros:

—No lo sé. Mi familia se mudó aquí durante la primavera pasada. Ya estaba ahí.

Las nubes se volvieron más oscuras. Un viento frío sopló por la esquina.

—¿Quién crees que trabaje ahí? —preguntó Libby—. No hay ninguna señal ni nada que identifique el edificio.

"Desde luego que no tiene señal", pensé. "Es el cuartel general del más perverso villano del mundo. ¡Ni de riesgos pondría una señal en el frente el Mutante Enmascarado!"

"Él no desea que La Liga de los Jóvenes Buenos sepa dónde está su cuartel general", me dije.

—¡Esto es absurdo! —exclamé

Me volteé y vi que Libby se había quedado mirándome.

—¿Estás seguro de que estás bien? Es solamente un edificio, Skipper. No hay necesidad de alterarse.

Sentí que se me enrojecía la cara. Me di cuenta de que Libby podría pensar que era un lunático.

—Yo... yo creo que he visto este edificio en alguna parte —traté de explicar.

—Tengo que irme a casa —dijo mirando oscurecerse el cielo—. ¿Quieres venir? Te mostraré mi colección de historietas.

—No. Ya estoy tarde para mi cita con el ortodoncista —contesté.

—¿Ah? —me miró entrecerrando los ojos—. Tú dijiste que ibas a la tienda de revistas de historietas.

Sentí que la cara se me ponía aún más colorada.

—Eh... voy a la tienda de revistas después de mi cita —le dije.

—¿Hace cuánto tienes freno? —me preguntó.

Gruñí:

—Toda la vida.

Comenzó a alejarse.

—Bueno, te veré algún día.

—Sí. Adiós.

Se volteó y se fue trotando calle abajo.

"Debe creer que soy un idiota", pensé con tristeza.

Pero no podía remediarlo. Estaba realmente aturdido al ver ese edificio. Lo miré otra vez. La parte superior del edificio se había escondido entre las nubes más bajas. Ahora el edificio parecía ser un liso cohete rosado que llegaba hasta las nubes.

Un camión pasó raudo por enfrente. Esperé que pasara y me apresuré a cruzar la calle.

No había nadie en el andén. No había visto a nadie entrar o salir del edificio.

"Se trata simplemente de un edificio grande de oficinas", me dije. "No hay razón para intranquilizarme".

Pero mi corazón retumbaba cuando me detuve a pocos pasos de las puertas de vidrio de la entrada. Tomé bastante aire y atisbé hacia adentro.

Sé que suena loco, pero en realidad esperaba encontrar gente con disfraces de superhéroes caminando en el interior.

Entrecerré los ojos y miré por las puertas de vidrio.

No vi a nadie. Estaba oscuro adentro.

Me acerqué un paso más. Y otro más.

Puse la cara contra el vidrio y miré a dentro. Pude observar un inmenso vestíbulo. Con paredes rosadas y amarillas. Una hilera de ascensores en la parte de atrás.

Pero sin gente. Nadie. Vacío.

Puse mi mano en la manija de la puerta. De mi garganta salió un sonoro carraspeo al tragar saliva.

"¿Convendría entrar?", me pregunté. "¿Seré capaz?"

7

Apreté bien la manija con mi mano. Comencé a dar un fuerte tirón para abrir las pesadas puertas.

En ese momento, con el rabillo del ojo, vi un autobús azul y blanco que venía hacia mí. Miré mi reloj. Solamente tenía cinco minutos de retraso para mi cita. Si me metía en el autobús de un salto podría llegar al consultorio en pocos minutos.

Solté la manija, di media vuelta y corrí al paradero con el morral golpeándome la espalda. Me sentí frustrado. Pero también aliviado.

Entrar al cuartel general del más perverso mutante del universo daba algo de miedo.

El autobús disminuyó la velocidad y se detuvo. Esperé a que se bajara un anciano. Luego subí al autobús, dejé caer las monedas en la caja de pago y me fui presuroso hasta atrás.

Quería echarle una última mirada al misterioso edificio rosado y verde.

Dos mujeres estaban sentadas en la silla de atrás. Me metí entre las dos y puse mi cara contra la ventana trasera.

Miré detenidamente al edificio mientras el autobús arrancaba. Sus colores seguían brillantes a pesar de que el firmamento detrás estaba bien oscuro. El andén estaba vacío. Todavía no había visto a nadie entrar o salir.

Unos segundos después, el edificio desapareció en la distancia. Me alejé de la ventana y caminé por el pasillo buscando un asiento.

"Extraño", pensé. "Muy extraño".

—¿Y era exactamente el mismo edificio que sale en la revista de historietas? —preguntó Wilson. Sus ojos azules estaban clavados en los míos desde el otro lado de la mesa del comedor.

Asentí:

—Apenas llegué a la casa ayer tarde, lo corroboré en la revista. El edificio era exactamente el mismo.

Wilson sacó un emparedado de su bolsa y empezó a quitarle el papel de aluminio en que estaba envuelto.

—¿Qué clase de emparedado te preparó tu mamá? —me preguntó.

Abrí el mío:

—De ensalada de atún. ¿De qué es el tuyo?

Levantó una tajada de pan y examinó su emparedado.

—De ensalada de atún —contestó—. ¿Quieres cambiar?

—Ambos tenemos ensalada de atún —le dije—. ¿Para qué quieres cambiar?

Alzó sus hombros.

—No sé.

Cambiamos de emparedados. La ensalada de atún de su mamá era mejor que la de la mía. Saqué el frasco de jugo de mi bolsa. Luego boté la manzana en la caneca de basura. Siempre le digo a mi mamá que no me ponga manzanas. Le digo que la boto todos los días. ¿Por qué me la seguirá poniendo?

—¿Puedes darme tu tarrito de pudín? —le pregunté a Wilson.

—No —respondió.

Terminé de comerme la primera mitad del emparedado. Estaba absorto pensando en el misterioso edificio. No había dejado de pensar en él desde cuando lo vi.

—Resolví el misterio —me dijo Wilson rascándose sus rubios rizos. Una sonrisa se dibujó en su cara—. ¡Sí! ¡Lo resolví!

—¿Qué? —exigí ansiosamente.

—Es sencillo —replicó Wilson—. ¿Quién dibuja al Mutante Enmascarado?

—¿El artista? —le pregunté—, Jimmy Starenko, desde luego. El Mutante Enmascarado y La Liga de los Jóvenes Buenos son creaciones de Starenko —¿cómo era que Wilson no sabía eso?

—Pues bien, apuesto a que ese tipo Starenko vino por aquí algún día —continuó Wilson destapando su jugo.

—¿Starenko? ¿Aquí? ¿A Riverview Falls? —le pregunté. No comprendía lo que quería decir.

Wilson asintió.

—Asumamos que él viene por aquí. Maneja por la calle y ve un edificio extraño. Detiene su automóvil. Se baja. Mira con detenimiento el edificio. Y piensa: ¡Qué edificio tan maravilloso! Este edificio sería perfecto para el cuartel general del Mutante Enmascarado.

—Ah. Ya veo —murmuré. Me di cuenta de la línea de pensamiento de Wilson—. Quieres decir que él vio el edificio, le gustó y lo copió cuando dibujó el edificio del cuartel general.

Wilson asintió. Tenía un pedazo de apio atascado entre sus dientes.

—Sí. Es posible que se haya bajado del automóvil y haya bosquejado el edificio. Guardó los bosquejos en un cajón u otro sitio hasta cuando los necesitó.

Tenía sentido.

En realidad, tenía mucho sentido. Me sentí frustrado de verdad. Sé que suena estúpido, pero yo realmente deseaba que el edificio fuera el cuartel general del Mutante Enmascarado.

Wilson había estropeado todo. ¿Por qué había tenido que ser tan sensato en esta ocasión?

—Conseguí nuevos sellos de caucho —me dijo terminando la última cucharada de su tarrito de pudín—. ¿Quieres verlos? Podría llevarlos a tu casa después de clases.

—No gracias —respondí—. Eso sería demasiado emocionante.

Había planeado tomar el autobús para ir a ver el edificio nuevamente esa tarde. Pero la señorita Partridge nos puso una tonelada de tareas. Tenía que ir directamente a casa.

Al día siguiente nevó. Wilson y yo, y algunos otros nos fuimos a deslizarnos en trineo por la colina Grover.

Una semana después, tuve al fin la oportunidad de regresar a mirar de nuevo el edificio.

"En esta ocasión entraré", me dije. "Debe haber un recepcionista o un guardia", decidí. "Le preguntaré de quién es el edificio y quiénes trabajan allí".

Me sentía realmente valiente al montarme en el autobús después de clases. Después de todo, se trataba de un edificio de oficinas común y corriente. No había razón para inquietarme.

Me senté en la parte delantera del autobús y busqué a Libby. El autobús estaba lleno de niños que regresaban a sus casas después de clases. En la parte de atrás vi a una niña pelirroja discutiendo con otra niña. Pero no era Libby.

No había señales de ella.

Miré por la ventana cuando el autobús pasaba frente a la tienda de revistas. Poco después, unas cuantas cuadras más allá, pasamos frente al consultorio de mi ortodoncista. ¡Sólo con ver ese edificio sentí que me dolían los dientes!

Era una tarde clara y soleada. Brillantes rayos de sol entraban por las ventanas del autobús, forzándome a protegerme los ojos al mirar por la ventana.

Tenía que estar bien atento porque no estaba muy seguro de donde quedaba el paradero. En realidad no conocía este barrio para nada.

El pasillo estaba atestado de niñitos. Así que no podía ver por las ventanas del otro lado del autobús.

"Espero que no nos hayamos pasado del edificio", pensé. Sentía pesadez en la boca del estómago. "Me da mucho susto perderme".

Mi mamá me contó que cuando tenía dos años, me perdí de ella por algunos pocos minutos en la sección de alimentos congelados en el supermercado Pic'n Pay. Creo que desde entonces quedé con miedo de perderme.

El autobús se detuvo en un paradero. Reconocí el pequeño parque enfrente. ¡Éste era el paradero!

—¡Aquí me bajo! —grité saltando hacia el pasillo. Le di un golpe a un niño con mi morral mientras me tambaleaba hacia la puerta delantera—. Perdón. ¡Aquí me bajo! ¡Aquí me bajo!

Me abrí paso por entre la multitud de niñitos y salté de los escalones del autobús al andén. El autobús se alejó retumbando. Los rayos de sol me envolvían.

Fui hasta la esquina. Sí. Éste era el paradero correcto. Reconocí todo en ese momento.

Me volteé y levanté mis ojos para ver el extraño edificio.

Y me encontré ante un gran lote vacío.
El edificio había desaparecido.

8

—¡Huy! —exclamé, congelado del sobresalto.

Protegiéndome los ojos con una mano, miré fijamente hacia enfrente. ¿Cómo podía haberse esfumado ese enorme edificio en una semana?

No tuve mucho tiempo para pensarlo. Otro autobús se detuvo en el paradero.

—¡Skipper! Oye... ¡Skipper! —se bajó Libby del autobús saludándome y llamándome.

Llevaba el mismo abrigo de esquiar rojo y azul y los mismos pantalones desteñidos y raídos en una rodilla. Tenía el pelo alisado hacia atrás, amarrado al final con una peineta azul.

—Oye, ¿qué estás haciendo aquí otra vez en mi barrio? —me preguntó sonriente, corriendo hacia mí.

—¡Ese...ese edificio! —tartamudeé señalando el lote vacío—. ¡Desapareció!

La expresión de Libby se endureció.

—Bueno, no me saludes ni me digas nada —murmuró frunciendo el ceño.

—Hola —le dije—. ¿Qué le pasó a ese edificio?

Se volteó para ver hacia donde yo miraba. Y se encogió de hombros.

—Me imagino que lo tumbaron.

—Pero... pero... —dije chisporroteando.

—Era muy feo —dijo Libby—. Quizás el alcalde ordenó que lo tumbaran.

—Pero, ¿tú viste que lo tumbaran? —pregunté impacientemente—. Tú vives aquí cerca, ¿verdad? ¿Los viste tumbándolo?

Se quedó pensándolo, moviendo sus ojos verdes mientras lo hacía.

—Bueno... no —replicó finalmente—. He pasado por aquí varias veces, pero...

—¿No viste ninguna maquinaria? —exigí ansiosamente—. ¿Ninguna de esas bolas metálicas? ¿Ningún tractor? ¿Ni docenas de obreros?

Libby meneó la cabeza.

—No. En realidad no vi a nadie tumbar el edificio. Pero tampoco nunca me puse a observar.

Se quitó el morral de su espalda y lo sostuvo por las correas frente a ella, con ambas manos.

—No sé por qué estás tan interesado en ese feo edificio, Skipper. Yo estoy feliz de que haya desaparecido.

—¡Pero es que aparece en una revista de historietas! —dije abruptamente.

—¿Ah? —me miró fijamente—. ¿De qué estás hablando?

Sabía que ella no entendería.

—Nada —murmuré.

—Skipper, ¿viniste hasta acá solamente para ver ese edificio? —preguntó.

—Claro que no —mentí—. Desde luego que no.

—¿Quieres venir a mi casa a ver mi colección de historietas?

Estaba tan confundido y vuelto añicos que dije que sí.

Salí apresuradamente de la casa de Libby menos de una hora después. Esas historietas de *Harry & Beanhead en la Secundaria* son ¡las más aburridas del mundo! Y la parte artística deja mucho que desear. ¿No se da cuenta todo el mundo que a las dos niñas las dibujan exactamente igual, excepto que una tiene el pelo rubio y la otra negro?

¡Huy!

Libby insistió en mostrarme cada una de las historietas que tenía. ¡Y tenía repisas enteras de ellas!

Naturalmente no podía concentrarme en esas historietas aburridas. No podía dejar de pensar en el extraño edificio. ¿Cómo puede desaparecer todo un edificio sin dejar huellas?

Troté hasta el paradero en la calle principal. El sol se estaba poniendo detrás de los edificios. Sombras azules se proyectaban sobre los andenes.

"Apuesto a que cuando llegue a la esquina, ¡el edificio estará ahí otra vez!", pensé.

41

Naturalmente no estaba.

Ya lo sé. Ya lo sé. Se me ocurren cosas raras. Supongo que eso me pasa por leer tantas historietas.

Tuve que esperar casi media hora para que apareciera el autobús. Pasé todo ese tiempo mirando el lote vacío, pensando en el edificio que se había esfumado.

Cuando finalmente llegué a mi casa, encontré un sobre pardo para mí en la pequeña mesa del vestíbulo donde mi mamá pone el correo.

—¡Sí! —exclamé feliz. ¡La edición especial de *El Mutante Enmascarado!* La empresa editora estaba enviando dos ediciones especiales este mes y ésta era la primera.

Le dije "hola" a mi mamá, tiré mi abrigo y mi pesado morral al piso y subí corriendo a mi cuarto con la revista bien aprisionada en mi pequeña mano caliente.

Estaba impaciente por saber qué había sucedido después de que la Gacela Galopante se había introducido solapadamente en el cuartel general del Mutante Enmascarado. Cuidadosamente saqué la revista del sobre y examiné la portada.

Y allí estaba. El edificio rosado y verde del cuartel general. En toda la portada.

Con mano temblorosa abrí la primera página. El gran título en aterradoras letras rojas decía LA MAÑANA DE UN MUTANTE. El Mutante Enmascarado estaba frente a una consola grande de comunicaciones.

Estaba mirando una pared de cerca de veinte monitores de televisión. Cada monitor mostraba a un miembro diferente de La Liga de los Jóvenes Buenos.

—Estoy localizando a cada uno de ellos —decía el Mutante Enmascarado en el primer bloque de diálogos—. Nunca me encontrarán. ¡He colocado una cortina invisible alrededor de todo mi cuartel general!

Quedé boquiabierto al leer esas palabras. Las leí tres veces antes de dejar caer la revista a la cama.

Una cortina invisible.

Nadie puede ver el edificio del Mutante Enmascarado porque él lo cubrió completamente con una cortina invisible.

Sobresaltado, me senté en el borde de la cama respirando fuerte. Sentía las pulsaciones en mis sienes.

¿Sería eso lo que pasó en la vida real?

¿Sería por eso que no había podido ver el edificio rosado y verde esa tarde?

¿Estaba la revista dándome la respuesta al misterio del edificio esfumado?

Parecía una locura. Parecía una locura total.

Pero, ¿sería real? ¿Había realmente una cortina invisible detrás de la cual se escondía el edificio?

Mi cabeza me daba vueltas más rápido que ¡el asombroso Hombre Tornado! Solamente sabía una cosa. Tenía que regresar allá para averiguarlo.

9

A la tarde siguiente, después de clases, tenía que ir con mi mamá al centro comercial para comprar unos zapatos de tenis. Por lo general me pruebo al menos diez o doce pares y luego pido que me compren los más caros. Ustedes saben. Los que se inflan o prenden luces cuando uno camina con ellos.

Pero en esta ocasión compré el primer par que vi, unos Reeboks sencillos blancos y negros. Es decir, ¿quién puede ponerse a pensar en zapatos de tenis cuando hay un edificio invisible por descubrir?

Mientras mi mamá manejaba de regreso a casa, comencé a contarle lo del edificio. Pero después de un par de frases, no me dejó que siguiera.

—Me gustaría que te interesaras tanto en tus tareas como te interesas en esas tontas historietas —me dijo suspirando.

Siempre dice lo mismo.

—¿Cuándo fue la última vez que leíste un libro serio? —continuó.

Siempre dice eso a continuación.

Decidí cambiar de tema.

—Hoy disecamos un gusano en clase de ciencias —le conté.

Puso cara de desagrado.

—¿No se le ocurre nada mejor a tu maestra que cortar en pedazos a pobres gusanos inocentes?

No había forma de complacer a mi mamá hoy.

A la siguiente tarde, con mis nuevos tenis, me monté ansiosamente en el autobús urbano. Al poner las monedas en la caja vi a Libby sentada en la parte de atrás. Mientras el autobús se apartaba del sardinel, me fui tambaleando por el pasillo y, poniendo mi morral en el piso, me dejé caer al lado de ella.

—Voy otra vez a ese edificio —dije sin aliento—. Creo que tiene una cortina invisible alrededor.

—¿Nunca dices hola? —se quejó volteando los ojos.

Le dije hola. Después le repetí lo que le había dicho sobre la Cortina Invisible. Le conté que lo había leído en la más reciente historieta del Mutante Enmascarado y le dije que esa historieta podría estar dando pistas sobre lo que había sucedido en la vida real.

Libby me escuchó con atención, sin pestañear, sin moverse. Pude darme cuenta de que al fin comprendía por qué yo estaba tan deseoso de encontrar el edificio.

Cuando terminé de explicarle todo, puso su mano en mi frente.

—No se siente caliente —exclamó. ¿Estás teniendo alucinaciones?

—¿Ah? —le aparté la mano.

—¿Estás viendo alucinaciones? Tú estás loco de remate. Te das cuenta de eso... ¿o no?

—No estoy loco —le repliqué—.Te lo probaré. Ven conmigo.

Se acercó más a la ventana, como tratando de apartarse de mí.

—Ni de riesgos —declaró—. No entiendo cómo sigo aquí sentada al lado de un niño que cree que las revistas de historietas cobran vida.

Señaló por la ventana: —Oye, mira Skipper... ¡ahí va el Conejo de Pascua! ¡Le está regalando un huevo al hada madrina! —soltó una risotada. Una risotada malévola.

—Ja, ja —rezongué furioso. Tengo buen sentido del humor. Pero no me gusta que se rían de mí niñas que coleccionan historietas de *Harry & Beanhead en la Secundaria*.

El autobús se detuvo en el paradero. Alcé mi morral y me bajé corriendo por la puerta de atrás. Libby se bajó detrás de mí.

Mientras el autobús arrancaba dejando escapar bocanadas de humo por atrás, yo miré hacia la acera de enfrente.

Ningún edificio. Un lote vacío.

—¿Al fin qué? —miré a Libby—. ¿Vienes?

Haciendo una mueca, puso cara de pensativa.

—¿A ese lote vacío? Skipper, ¿no crees que te vas a sentir como un imbécil cuando encuentres que no hay nada ahí?

—Está bien, vete a tu casa entonces —le dije cortante.

—Está bien, iré contigo —dijo sonriendo.

Cruzamos la calle. Casi nos atropellan dos adolescentes en bicicleta.

—¡Fallamos! —exclamó uno de ellos. El otro soltó una risotada.

—¿Cómo vamos a traspasar la cortina invisible? —preguntó Libby. Parecía hablar en serio. Pero podía ver en sus ojos que se estaba burlando de mí.

—En la historieta, la gente simplemente pasa a través de ella —le dije—. Uno no la siente ni nada por el estilo. Es como una cortina de humo. Pero apenas se traspasa, uno puede ver el edificio.

—Está bien. Intentémoslo —dijo Libby echándose su cola de caballo para atrás—. Salgamos de esto, ¿está bien?

Caminando juntos, dimos un paso en el andén hacia el lote vacío. Luego otro paso. Y otro más.

Salimos del andén y entramos al suelo de tierra.

—No puedo creer que estoy en éstas —refunfuñó Libby. Dimos otro paso—. No puedo creer que estoy...

Se detuvo en seco porque de repente apareció el edificio.

—¡Ohhh! —gritamos ambos al unísono. Me agarró por la muñeca y la apretó con fuerza. Su mano estaba helada.

Nos paramos a pocos pasos de la entrada de vidrio. Las brillantes paredes del edificio rosado y verde subían imponentes frente a nosotros.

—¡Tú... tú tenías razón! —tartamudeó Libby sin dejar de apretar mi muñeca.

Tragué saliva. Traté de hablar pero tenía la boca reseca. Tosí pero no pude articular palabra.

—¿Y ahora qué? —preguntó Libby sin quitar la vista de las relucientes paredes.

Yo seguía mudo.

"¡La historieta es real!", pensé. "La revista de historietas es real".

¿Significa esto que el edificio pertenece de verdad al Mutante Enmascarado?

¡Huy! Me hice la advertencia de que debería ir más despacio. Mi corazón ya me latía a mayor velocidad que la del Joven Rapidez.

—¿Y ahora qué? —repitió impacientemente Libby—. Vayámonos lejos de aquí... ¿está bien? —por primera vez ella parecía estar realmente asustada.

—¡Ni de riesgos! —le dije—. Vamos. Entremos.

Me haló hacia atrás.

—¿Entrar? ¿Estás loco?

—Tenemos que hacerlo —le dije—. Vamos. No te detengas a pensarlo. Vamos.

—Tomé bastante aire, abrí las pesadas puertas de vidrio y nos introdujimos al edificio.

10

Dimos un paso dentro del bien iluminado vestíbulo. El pecho me dolía de lo fuerte que estaba latiendo mi corazón. Las rodillas me temblaban. ¡Nunca en la vida había estado tan atemorizado!

Di un rápido vistazo a todo mi alrededor.

El vestíbulo era enorme. Parecía extenderse sin fin. Las paredes rosadas y amarillas fosforescían suavemente. El brillante cielo raso blanco parecía estar a un kilómetro por encima de nuestras cabezas.

No se veía ningún mostrador de recepción. No había mesas ni sillas. Ni muebles de ninguna clase.

—¿Adónde están todos? —susurró Libby. Podía darme cuenta de que ella también estaba asustada. De pie junto a mí, se aferró a mi brazo.

El enorme salón estaba vacío. No había otra persona a la vista.

Di otro paso.

Y oí un tenue zumbido.

Un rayo de luz amarilla salió de la pared y me cubrió todo el cuerpo.

Sentí un pequeño cosquilleo. Una sensación de punzaditas, como las que uno siente cuando se le duerme el brazo.

Me invadió rápidamente desde la cabeza hasta los pies. Uno o dos segundos después, la luz desapareció y el punzante cosquilleo se me quitó.

—¿Qué fue eso? —le pregunté en secreto a Libby.

—¿Qué fue qué? —replicó.

—¿No sentiste eso?

Meneó la cabeza:

—No he sentido nada. ¿Estás tratando de asustarme o algo así, Skipper?

—Fue como una especie de rayo eléctrico —le expliqué—. Me alumbró cuando di un paso adelante.

—Salgamos de aquí —musitó—. Esto está tan silencioso que parece fantasmal.

Dirigí la vista a la hilera de ascensores contra la pared amarilla. ¿Tendría yo la osadía de montarme en uno? ¿Sería lo suficientemente valiente para explorar un poco?

—Es... es solamente un edificio grande de oficinas —le dije a Libby tratando de darme valor a mí mismo.

—Bueno, y si se trata de un edificio de oficinas, ¿en dónde están los oficinistas? —exigió.

—Es posible que las oficinas estén cerradas —sugerí.

—¿Siendo jueves? —replicó Libby—. No es día de fiesta ni nada por el estilo. Creo que el edificio está vacío porque aquí no trabaja nadie.

Di varios pasos hacia los ascensores. Mis zapatos de tenis rechinaban estruendosamente contra el duro piso de mármol.

—Pero todas las luces están prendidas, Libby —le dije— y la puerta estaba sin llave.

Apresuradamente me alcanzó. Sus ojos miraban hacia adelante y hacia atrás. Podía darme cuenta de que ella estaba realmente aterrada.

—Sé lo que estás pensando —me dijo—. Tú no crees que éste sea un edificio cualquiera de oficinas. Tú crees que éste es el cuartel general de ese monstruo de una historieta... ¿No es cierto, Skipper?

Tragué saliva. Las rodillas seguían temblándome. Traté de controlarlas, pero no pude.

—Bueno, es posible que así sea —repliqué mirando los ascensores frente a nosotros—. Si no, ¿cómo se explica lo de la cortina invisible? Apareció en la historieta... y está cubriendo a este edificio.

—Yo... yo no le encuentro explicación —tartamudeó Libby—. Es extraño. Es muy extraño. Este sitio me da miedo, Skipper. De verdad creo...

—Hay una sola forma de averiguar la verdad —le dije. Traté de aparentar valentía pero, ¡mi voz temblaba casi tanto como mis rodillas!

Libby siguió mi mirada hacia los ascensores. Adivinó lo que estaba pensando.

—¡Ni de riesgos! —exclamó dando un paso atrás hacia las puertas de vidrio.

—Sólo daremos un paseo hacia arriba y otro hacia abajo —le dije—. Y quizás abramos las puertas del ascensor en algunos pisos para fisgonear un poco.

—Ni de riesgos —repitió Libby. De repente su cara palideció. Tenía sus verdes ojos desorbitados por el miedo.

—Libby, sólo tomará un minuto —le insistí—. Ya que hemos llegado hasta aquí, tengo que explorar un poco. No quiero regresar a casa sin haber averiguado qué es este edificio.

—Tú puedes montar en el ascensor si quieres —me dijo—. Yo me iré a mi casa —retrocedió hasta las puertas de vidrio.

Vi afuera un autobús azul y blanco en el paradero. Una mujer se bajó cargando a un bebé con una mano y arrastrando un coche con la otra.

Podía salir corriendo y montarme en ese mismo autobús, pensé. Podía salir de aquí sano y salvo. Y encontrarme camino a casa.

Pero, ¿qué sucedería cuando llegara a mi casa?

Me sentiría como un cobarde, un imbécil total. Y pasaría día tras día preguntándome acerca de este edificio, preguntándome si en realidad había descubierto el cuartel general secreto de un supervillano real.

Si me montaba en ese momento en el autobús para irme a casa, el edificio continuaría siendo un misterio. Y el misterio me volvería loco.

—Está bien, Libby, puedes irte a casa si así lo deseas

—le dije—. Yo voy a subir en el ascensor hasta el último piso y después bajaré.

Se quedó pensativa sin quitarme la vista. Luego volteó sus ojos.

—Está bien, está bien. Iré contigo —musitó meneando la cabeza.

Me puse contento. En realidad no quería ir solo.

—Hago esto solamente porque me das lástima —dijo Libby siguiéndome hacia los ascensores por el piso de mármol.

—¿Ah? ¿Por qué me tienes lástima? —exigí que me dijera.

—Porque estás muy confundido —respondió—. Realmente crees que una historieta puede hacerse realidad. Eso es triste. Eso es realmente triste.

—¡Afortunadamente *Harry & Beanhead en la Secundaria* no pueden hacerse realidad! —la molesté. Y añadí:

—¿Qué me dices de la cortina invisible? ¿Era real... o no?

Libby no replicó. En cambio, soltó la risa.

—¡Tú piensas que esto es serio! —dijo. El sonido de sus risotadas retumbó en el enorme salón vacío.

Eso hizo que me sintiera un poco más valiente. También me reí.

"¿Por qué había de preocuparme tanto?", me pregunté. "¿Qué tanto puede importar un viaje en ascensor?"

"No es que el Mutante Enmascarado vaya a saltar dentro del ascensor con nosotros", me traté de convencer a mí mismo. "Seguramente echaremos una ojeada a algunas aburridas oficinas. Y eso será todo".

Oprimí el botón iluminado en la pared. En forma instantánea, la puerta plateada del ascensor se abrió frente a nosotros.

Metí la cabeza en la cabina del ascensor. Tenía paredes de madera de color pardo oscuro y una barandilla plateada alrededor.

No había señalización alguna en las paredes. Ningún directorio. Ninguna palabra.

De repente caí en cuenta de que en el vestíbulo tampoco había señalización alguna. Nisiquiera había un rótulo con el nombre del edificio. Ni un aviso que le indicara a los visitantes adonde seguir.

Extraño.

—Vamos —dije.

Libby se resistía a entrar. La halé por el brazo hacia adentro.

Las puertas se cerraron silenciosamente apenas entramos. Miré al tablero de controles a la izquierda de la puerta. Era largo, plateado y rectangular, lleno de botones.

Oprimí el botón del último piso.

El ascensor comenzó a zumbar y, dando una pequeña sacudida, empezó a moverse.

Volteé a mirar a Libby. Estaba recostada contra la pared de atrás con las manos metidas en los bolsillos del pantalón. No le quitaba la vista a las puertas del ascensor.

—Nos estamos moviendo —murmuré.

El ascensor aceleró.

—¡Hey! —Libby y yo gritamos al mismo tiempo.

—¡Vamos... vamos hacia abajo! —exclamé.

Había oprimido el botón del último piso. Pero estábamos descendiendo. Rápido.

Más rápido.

Me agarré de la baranda con ambas manos.

¿Adónde nos estaría llevando?

¿Pararía finalmente?

11

El ascensor paró de golpe haciendo que se me doblaran las rodillas.

—¡Huy! —grité.

Me solté de la baranda y miré a Libby.

—¿Estás bien?

Asintió mirando hacia adelante las puertas del ascensor.

—Deberíamos haber subido —musité tensamente—. Oprimí el botón que decía ARRIBA.

—¿Por qué no se abrirán las puertas? —preguntó Libby con voz temblorosa.

Ambos nos quedamos mirando las puertas. Me paré en el centro del ascensor.

—¡Abran! —ordené.

Las puertas no se movieron.

—Estamos atrapados aquí —dijo Libby con una voz cada vez más descompuesta y delgadita.

—No —repliqué tratando de mantenerme valiente—. Se abrirán. Pon atención. Es que son lentas.

Las puertas no se abrieron.

—El ascensor debe estar dañado —sollozó Libby—. Estaremos atrapados aquí abajo para siempre. El aire ya se está enrareciendo. ¡No puedo respirar!

—No te dejes llevar por el pánico —le advertí tratando de mantener voz calmada—. Respira profundo, Libby. Hay suficiente aire.

Obedientemente, tomó una buena bocanada de aire. La dejó salir lentamente.

—¿Por qué no se abrirán las puertas? ¡Yo sabía que no debíamos hacer esto!

Volví al tablero de controles. Había un botón que decía ABRIR. Lo oprimí. Las puertas se abrieron instantáneamente.

Miré otra vez a Libby.

—¿Ves? Estamos bien:

—Pero, ¿dónde estamos? —gimió.

Di un paso y me asomé sacando la cabeza. Estaba muy oscuro. Alcancé a ver algún tipo de maquinaria pesada en la oscuridad.

—Creo que estamos en el sótano —le dije a Libby—. Hay toda clase de tuberías y un gran horno y cosas así.

—Vámonos —urgió Libby echándose para atrás dentro del ascensor.

Di un paso fuera del ascensor y miré para ambos lados. No podía ver mucho. Más maquinaria. Una hilera de canecas metálicas de basura. Un montón de largas cajas metálicas.

—Vamos, Skipper —exigió Libby—. Regresemos arriba. ¡Ya!

Entré nuevamente al ascensor y oprimí el botón que decía VESTÍBULO.

Las puertas no se cerraron. El ascensor no se movió, no hizo ningún zumbido.

Oprimí nuevamente VESTÍBULO. Lo hice unas cinco o seis veces.

Nada sucedió.

De repente sentí un nudo en la garganta tan grande como un melón. En realidad no me gustaba estar aprisionado en este oscuro sótano.

Empecé a oprimir botones alocadamente. Oprimí todo. Oprimí un botón rojo que decía EMERGENCIA unas cinco o seis veces.

Nada.

—¡No puedo creer esto! —dije entrecortadamente.

—Salgamos y tomemos un ascensor distinto —sugirió Libby.

"Buena idea", pensé. Había una larga hilera de ascensores en el vestíbulo. "Sencillamente saldremos de éste y oprimiremos el botón de otro para que venga a recogernos".

Salí del ascensor al oscuro sótano. Libby salió pegadita detrás de mí.

—¡Oh! —ambos dimos un pequeño grito cuando las puertas del ascensor se cerraron detrás de nosotros.

—¿Qué es lo que pasa aquí? —exclamé—. ¿Por qué no se cerraría el ascensor antes?

Libby no replicó.

Esperé hasta cuando mis ojos se adaptaron a la oscuridad. Entonces vi qué era lo que miraba Libby tan detenidamente.

—¿En dónde están los demás ascensores? —sollozó.

Estábamos frente a una lisa pared sin nada. El ascensor que nos había bajado hasta ahí era el único ascensor en la pared.

Di media vuelta e inspeccioné las demás paredes. Pero estaba demasiado oscuro para ver muy lejos.

—Supongo que los otros ascensores no vienen acá abajo —murmuró Libby con voz temblorosa.

Busqué en la pared el botón para llamar otra vez el ascensor. No había ninguno. Ningún botón.

—¡No hay escapatoria! —gimió Libby—. ¡Ninguna escapatoria!

12

—Quizás haya ascensores en la otra pared —dije señalando al otro lado del enorme cuarto oscuro.

—Quizás —repitió Libby en tono de duda.

—Quizás haya alguna escalera o alguna otra cosa —dije.

Un sonido súbito me estremeció. Un estruendo seguido de un crujido.

—Es sólo el horno que se está prendiendo —le dije a Libby.

—Encontremos una salida de aquí —urgió—. Nunca me voy a subir en un ascensor otra vez, ¡en toda mi vida!

Sentí su mano en mi hombro mientras me movía a través de la oscuridad. El enorme horno gris sonaba estrepitosamente. Otra máquina hizo un pequeño matraqueo cuando pasamos por enfrente.

—¿Hay alguien aquí? —llamé. Oí el eco de mi voz retumbando en las tuberías cubiertas de polvo, colgadas del bajo cielo raso encima de nuestras cabezas. Me puse las manos frente a mi boca en forma de bocina y grité de nuevo— ¿Hay alguien aquí? ¿Puede alguien oírme?

Silencio.

Los únicos sonidos que oía eran el estruendo del horno y el ruido que hacían nuestros zapatos de tenis al arrastrarnos, Libby y yo, lentamente por el piso.

Cuando nos acercamos a la distante pared, pudimos observar que allí no había ascensores. La pared lisa no tenía más nada que un enorme nudo de telarañas contra el techo.

—Tiene que haber alguna escalera que salga de aquí —susurró Libby detrás de mí.

Una débil luz brilló detrás de una angosta puerta más adelante.

—Veamos adónde lleva eso —dije apartando de mi cara un fibroso montón de telarañas.

Pasamos por la puerta y nos encontramos en un largo corredor. Bombillos cubiertos de polvo iluminaban tenuemente el piso de concreto.

—¿Hay alguien aquí? —llamé de nuevo. Mi voz se oía hueca en el largo corredor con apariencia de túnel.

Ninguna respuesta.

Había puertas oscuras a lo largo de ambos lados del corredor. Echaba ojeadas por cada puerta que pasábamos. Vi montones de cajas de cartón, altos archivadores, maquinaria extraña que no conocía. Un cuarto grande estaba atestado de enormes rollos de cable metálico. Otro cuarto tenía láminas de metal apiladas casi hasta el techo.

—¡Holaaaaaaa! —grité—. ¡Holaaaaaaa!

Ninguna respuesta.

Luces rojas que fulguraban dentro de un cuarto grande me llamaron la atención. Me detuve en la puerta y observé una especie de tablero de control.

Una pared estaba llena de intermitentes luces rojas y verdes. Frente a las luces había un mostrador lleno de palancas, engranajes y discos. Había tres banquillos contra el mostrador. Pero nadie sentado en ellos.

Nadie accionaba los controles. El cuarto estaba vacío. Tan vacío como el resto de ese extraño y aterrador sótano.

—Extraño, ¿no? —le dije en secreto a Libby.

Cuando no escuché ninguna respuesta, me volteé para estar seguro de que ella estaba bien.

—¿Libby?

Había desaparecido.

13

G iré en redondo.

—¿Libby?

Mi cuerpo entero se estremeció.

—¿Adónde estás?

La busqué a todo lo largo del corredor gris. No había señales de ella.

—¿Libby? Si se trata de alguna clase de broma tonta... —comencé a decir. Pero el resto de las palabras se me atragantó.

Respirando fuerte, me forcé a retroceder todo el camino recorrido.

—¿Libby? Me detuve en cada puerta y grité su nombre—. ¿Libby?

El corredor hizo una curva y yo lo seguí. Con manos tensas, empecé a trotar y a llamarla, buscándola en cada puerta, mirando en cada cuarto oscuro.

"¿Cómo pudo haberse perdido?", me preguntaba, sintiendo que el pánico se apoderaba de mí hasta el punto de no poder respirar. "¿Cómo pudo haberse perdido si ella estaba justo detrás de mí?"

Di la vuelta por otra esquina. Entré a otro corredor que aún no había explorado.

—¿Libby?

El angosto corredor me llevó a un enorme cuarto bien iluminado. Tuve que cerrar mis ojos ante la súbita brillante luz.

Cuando los volví a abrir me encontré casi pegado frente a una gigantesca máquina. Unos reflectores brillantes en el techo la iluminaban por todas partes.

¡La máquina era tan larga como una cuadra! En un costado tenía un gran tablero de controles, lleno de discos y botones y luces. Una larga parte plana, como una cinta transportadora conducía a varios rodillos. Y en el extremo final de la máquina había una gran rueda blanca. No... un cilindro. No... un rollo de papel blanco.

"¡Es una máquina de imprimir!", me di cuenta.

Me aventuré por el cuarto, pisando montones de papeles y cajas de cartón. El piso estaba lleno de desperdicios de papel, papel sucio de tinta, arrugado, doblado y rasgado.

Tratando de llegar a la enorme máquina, me tambaleaba por entre un mar de papel ¡que me llegaba a la rodilla!

—¿Libby? ¿Estás aquí? ¿Libby?

Silencio.

Este cuarto estaba tan vacío como los demás.

El papel crujía bajo mis zapatos de tenis. Me acerqué a una larga mesa en la parte de atrás del cuarto. Me dejé caer en un banquillo rojo que encontré frente a la mesa.

Aparté sábanas de papel con los pies y miré a mi alrededor. Unas cien preguntas martillaban en mi mente al mismo tiempo.

"¿Dónde estará Libby? ¿Cómo pudo haberse desaparecido así?"

"¿Estará en algún lugar cercano detrás de mí? ¿Tomaría el corredor que conducía a este cuarto grande?"

"¿En dónde está todo el mundo? ¿Por qué está totalmente desierto este lugar?"

"¿Será aquí donde imprimen las revistas de historietas? ¿Estaré en el sótano de Historietas Coleccionables, la compañía que publica *El Mutante Enmascarado*?

Preguntas, preguntas.

Sentí que el cerebro se me iba a reventar. Miré alrededor del atestado cuarto, tratando de ver más allá de la gigantesca imprenta, buscando a Libby.

¿Dónde estaba ella? ¿Dónde?

Di media vuelta hacia la mesa... y me quedé sin respiración.

Casi me caigo del banquillo. El Mutante Enmascarado me estaba mirando fijamente.

14

Un dibujo grande del Mutante Enmascarado me miraba desde la mesa. Lo tomé en mis manos y lo examiné.

Lo habían dibujado en tintas de colores sobre un cartón grueso. La capa del Mutante Enmascarado colgaba por detrás. A través de su máscara, sus ojos parecían mirarme detenidamente. Malignos ojos de rabia.

La tinta relucía en la página, como si aún no se hubiera secado. Froté mi pulgar sobre un borde de la capa. La tinta no se corrió.

"Me pregunto si fue Starenko el que dibujó este retrato", pensé mientras lo examinaba.

Más allá de la mesa, vi un montón de papeles en un mostrador bajito que cubría toda la pared de atrás. Salté del banquillo, me fui hasta el mostrador y comencé a buscar por entre los papeles.

Eran dibujos en tinta y bosquejos a lápiz. Muchos eran del Mutante Enmascarado. Lo mostraban en diferentes posturas. Algunos lo mostraban moviendo sus moléculas transformándose en animales salvajes y en extrañas criaturas extraterrestres.

Abrí un grueso paquete y encontré docenas de bosquejos en color de los miembros de La Liga de los Jóvenes Buenos. Después encontré un montón de dibujos a lápiz de personajes que nunca había visto antes.

"¡Aquí debe ser donde hacen las revistas de historietas!", me dije.

Estaba tan emocionado de ver de verdad estos dibujos y bosquejos que casi me olvido de Libby.

Me di cuenta de que este edificio rosado y verde debía ser la oficina principal de Historietas Coleccionables.

Estaba comenzando a calmarme. Mis temores se disiparon cual plumas del Batallador Joven Emplumado.

Después de todo, no había nada que temer. No me había introducido en el cuartel general del más perverso supervillano del mundo. Estaba en el sótano de las oficinas de las revistas de historietas.

Aquí es donde trabajaban los escritores y los artistas. Y donde imprimían las revistas cada mes.

De manera que ¿por qué había de tener miedo?

Hojeé paquete por paquete a todo lo largo del mostrador. Encontré una pila de dibujos para la revista que acababa de comprar.

Era emocionante ver el arte final. La página era bien grande, casi el doble del tamaño de la revista. Deduje que los artistas hacían sus dibujos mucho más grandes que las páginas reales y que después reducían sus dibujos al imprimirlos.

Encontré algunos dibujos completamente nuevos del Mutante Enmascarado. Sabía que eran nuevos porque no recordaba haberlos visto en las revistas que tenía en la casa... y yo ¡las tengo todas!

Dibujo por dibujo. ¡Mis ojos realmente daban vueltas!

Nunca me había imaginado que Historietas Coleccionables tenía sus oficinas aquí mismo en Riverview Falls.

Le di una rápida hojeada a un cuaderno de bosquejos de Hombres Pingüinos. Nunca me han gustado los Hombres Pingüinos. Sé que son jóvenes buenos y que hay gente que los adora. Pero sus disfraces blanquinegros me parecen bobos.

Estaba divirtiéndome. Estaba gozando de verdad.

Naturalmente la diversión tenía que terminar.

Terminó cuando vi la última pila de dibujos en el mostrador. Y miré los bosquejos que ahí había.

Los observé sin poder creerlo. Me temblaban las manos al pasar hoja por hoja.

—¡Esto es imposible! —grité a todo pulmón.

Estaba viendo bosquejos de MÍ MISMO.

15

Frenéticamente miré hoja por hoja de la pila grande de dibujos.

"Es solamente tu imaginación, Skipper", me dije a mí mismo. "El niño de los bosquejos solamente se parece a ti. Pero no eres tú en realidad".

Pero tenía que ser yo.

En cada dibujo, el niño tenía mi cara redonda, mi pelo oscuro... desvanecido a los lados y largo arriba.

Era bajito como yo. Y un poquito gordiflón. Tenía mi misma sonrisa torcida, un poquito más alta en un lado que en el otro. Llevaba mi misma ropa... pantalones bolsudos y camiseta de mangas largas con bolsillo.

Me detuve en la mitad de la pila para observar detenidamente un dibujo, de cerca. —¡Oh, oh! — exclamé.

El niño del dibujo tenía un diente partido. Igual que yo.

—¡Esto es imposible! —grité bien alto en medio del enorme cuarto, con voz chillona y entrecortada.

¿Quién me había estado dibujando? ¿Por qué? ¿Por qué haría bosquejo tras bosquejo de mí un dibujante de revistas de historietas?

¿Cómo podía el artista conocerme tan bien? ¿Cómo sabía el artista que tengo un diente partido?

Sentí que un escalofrío me corría por toda la espalda. De repente me sentí bien asustado. Me quedé mirando los dibujos con el corazón retumbándome.

En un dibujo me veía de verdad aterrado. Huía de algo con los brazos tiesos delante de mí.

Otro dibujo mostraba mi cara de cerca. Tenía expresión de rabia en ese bosquejo. No. Más que rabia. Me veía furioso.

Otro bosquejo me mostraba estirando los músculos. "Hey, ¡me veo sensacional!", pensé. El artista me había puesto bíceps enormes como los de un superhéroe.

En otro dibujo, tenía los ojos cerrados. ¿Estaba dormido? ¿O muerto?

Estaba todavía mirando los dibujos, pasando del uno al otro, examinando cada uno... cuando oí pisadas.

Me di cuenta de que ya no estaba solo.

—¿Quién anda por ahí? —grité dándome la vuelta.

16

—¿En dónde te habías metido? —preguntó Libby furiosa, corriendo por el cuarto hacia mí —. ¡Te he buscado por todas partes!

—¿Dónde estabas tú? —reviré—. Yo creía que estabas detrás de mí.

—¡Yo creía que estabas justo delante de mí! —chilló—. Doblé por una esquina y ya no estabas. Se detuvo frente a mí acezando con la cara enrojecida—. ¿Cómo pudiste dejarme sola en este malévolo lugar?

—¡No lo hice! —insistí—. ¡Tú me dejaste a mí!

Meneó su cabeza tratando de recuperar el aliento.

—Bueno, salgamos de aquí, Skipper. Encontré unos ascensores que sí funcionan —me haló por la manga.

Tomé la pila de dibujos:

—Mira, Libby —se los mostré—. Tienes que ver esto.

—¿Hablas en serio? —sollozó—. Yo quiero irme de aquí. ¡No quiero ponerme a ver dibujos de historietas en este momento!

—Pero... pero... —barboteé, mostrándole los dibujos.

Dió media vuelta y comenzó a caminar hacia la

puerta—. Ya te dije que encontré unos ascensores. ¿Vienes, o no?

—¡Pero estos son dibujos míos! —grité.

—Ah sí, claro —replicó con sarcasmo. Se detuvo frente a la enorme imprenta y se volvió hacia mí—. ¿Por qué iba alguien a dibujarte a tí?

—Yo... yo no lo sé —contesté tartamudeando—. Pero estos dibujos...

—Tienes una imaginación enfermiza —me dijo—. Te ves como un niño normal. Pero eres bien extraño. Adiós —Libby comenzó a trotar hacia la puerta por encima del papel regado por el suelo.

—No... ¡espera! —la llamé. Solté las revistas en el mostrador, me bajé del alto banquillo y la perseguí—. ¡Espérame, Libby!

La seguí fuera del cuarto por el corredor. Tampoco quería quedarme solo en ese aterrador lugar. Tenía que regresar a casa y pensar sobre esto. Tenía que encontrar una solución al enredo.

Mi cabeza me daba vueltas. Me sentía muy confundido.

La seguí por los largos túneles de corredores. Doblamos una esquina y vi una hilera de ascensores contra la pared.

Libby oprimió el botón en la pared y uno de los ascensores abrió las puertas silenciosamente. Ambos echamos una ojeada adentro antes de subirnos. Estaba vacío.

Ambos estábamos acezantes. Mi cabeza me palpitaba. Mi costado me dolía. Ninguno de los dos dijo una sola palabra.

Libby oprimió el botón marcado VESTÍBULO. Oímos un suave zumbido y el ascensor comenzó a moverse.

Cuando el ascensor abrió sus puertas y vimos las paredes rosadas y amarillas del vestíbulo, ambos dimos vivas. Saltamos fuera del ascensor juntos y corrimos por el piso de mármol hacia la salida.

Me detuve afuera en el andén, puse las manos en mis rodillas y tomé varias bocanadas de aire fresco. Cuando me enderecé, vi que Libby consultaba su reloj.

—Tengo que llegar a mi casa —dijo—. ¡Mi mamá va a estar hecha una furia!

—¿No me crees lo de los dibujos? —le pregunté sin aliento.

—No —contestó—. ¿Quién puede creer eso? —con un gesto de despedida, atravesó la calle hacia su casa.

Vi que venía un autobús a varias cuadras. Mientras buscaba las monedas en el bolsillo del pantalón, me volví a echarle una última mirada al extraño edificio.

Nuevamente había desaparecido.

Necesitaba tiempo para pensar sobre todo lo que había sucedido. Pero Wilson estaba esperándome cuando llegué a casa y subió conmigo a mi alcoba.

—Traje algunos de mis sellos de caucho —me dijo mostrándome un sobre pardo. Lo puso boca abajo y vació su contenido sobre mi escritorio—. Pensé que te gustaría ver algunos de los mejores.

—Wilson... —comencé— en realidad, yo no...

—Éste es de un insecto —explicó tomando un sello pequeño de madera. Es bastante antiguo. Es el más viejo que tengo. Mira, te lo muestro —abrió una almohadilla de tinta azul, mojó el sello y lo estampó en un bloque de papel que yo tenía en el escritorio.

—¿Qué tan viejo es? —le pregunté.

—No lo sé —contestó. Tomó otro—. Éste es de una vaca —dijo. Como si yo no pudiera ver. Lo estampó en el bloque de papel—. Tengo varios de vacas —dijo Wilson—, pero solamente traje uno.

Examiné la vaca, simulando que estaba interesado.

—También es bastante viejo —dijo Wilson con orgullo.

—¿Qué tan viejo? —le pregunté.

Alzó sus hombros.

—¿Qué voy a saber? —estiró el brazo para tomar otro sello.

—Eh... Wilson... me acaba de suceder algo bien extraño —le dije— y necesito pensar sobre eso. Solo.

Me miró confundido, con sus ojos azules entrecerrados:

—¿Qué sucedió?

—Es una historia más bien larga —le dije—. Estaba en un edificio. En la parte norte de la ciudad. Creo que allí es donde hacen las revistas de Historietas Coleccionables.

—¿De verdad? ¿Aquí en Riverview Falls? —exclamó Wilson con cara de total sorpresa—. ¿Y te dejaron entrar?

—No había nadie ahí —le respondí. Me sentía aliviado de compartir lo sucedido con alguien—. Así que entramos. Una niña que conocí en el autobús, Libby, y yo. Tratamos de subir por el ascensor. Pero nos llevó abajo. Luego Libby se perdió. Y yo encontré una pila de dibujos de mí mismo.

—¡Huy! —exclamó Wilson levantando una mano para que me detuviera—. No alcanzo a seguir el relato bien, Skipper.

Me di cuenta de que lo que le había contado no tenía sentido. ¿Cómo podría explicárselo?

Le dije a Wilson que se lo contaría más tarde cuando me hubiera calmado. Lo ayudé a recoger sus sellos de caucho. Había traído unos veinte.

—Veinte de los mejores —dijo.

Lo acompañé abajo y le dije que lo llamaría después de la cena.

Después que salió, vi algo que me llamó la atención en la mesa del correo. Un sobre pardo.

Sentí que mi corazón daba un vuelco. ¿Se trataría de…? ¡Sí! Un sobre de la compañía Historietas Coleccionables. El siguiente número especial de *El Mutante Enmascarado*.

Estaba tan emocionado que casi tumbo la mesa entera al agarrar el sobre. Me lo puse bajo el brazo sin abrirlo y corrí escaleras arriba, de a dos escalones.

"Necesito total intimidad. ¡Tengo que examinar esto!", me dije.

Cerré la puerta de la alcoba tras de mí y me senté en el borde de la cama. Mis manos temblaban mientras abría el sobre y sacaba la revista.

La portada mostraba un dibujo de cerca del Mutante Enmascarado. Sus ojos furiosos estaban puestos en el lector. El título anunciaba: ¡*UN NUEVO ENEMIGO PARA EL MUTANTE!*

¿Ah? ¿Un nuevo enemigo?

Tomé bastante aire y lo contuve.

"Cálmate, Skipper" —me urgí—, "no es más que una revista de historietas".

Pero, ¿me ayudaría este nuevo número a solucionar el misterio?

¿Me diría algo acerca del edificio rosado y verde del cuartel general? ¿Daría pistas para resolver los cuestionamientos de esta tarde?

Pasé a la primera página. Mostraba el edificio del cuartel general desde arriba. El siguiente dibujo mostraba el edificio desde el nivel de la calle. Entre sombras oscuras, alguien se acercaba a las puertas de vidrio.

Alguien se estaba introduciendo en forma solapada al edificio del cuartel general.

Di vuelta a la página.

Y di un chillido a todo pulmón:

—¡No lo puedo creer!

17

Sí. Me imagino que ustedes ya lo adivinaron. Era yo metiéndome al edificio del cuartel general del Mutante Enmascarado.

Miré la página con tal fuerza que tenía la sensación de que mis ojos iban a saltar fuera de mi cabeza.

Estaba tan alterado... tan agitado... que no podía leer las palabras. Se convirtieron en un borrón gris.

Volteé las páginas con manos temblorosas. Creo que no respiré. Examiné cada dibujo, poniendo la revista a pocos centímetros de mi cara.

La Gacela Galopante estaba en una silla en un pequeño cuarto. Ese cuarto estaba cada vez más caliente y más caliente. ¡En pocos minutos, la Gacela Galopante se convertiría en la Gacela Hervida!

El Mutante Enmascarado había atrapado a la Gacela Galopante en su cuartel general. Y planeaba dejar allí a la Gacela para que hirviera.

Volteé la página. Mi mano temblaba tanto que casi arranco la hoja.

Ahí estaba yo, arrastrándome por el corredor oscuro. En la historieta, llevaba la misma camiseta y los mismos pantalones bolsudos que tenía puestos.

El siguiente dibujo mostraba mi cara de cerca. Goterones de sudor chorrearon por mis mejillas rosadas. Supongo que eso significaba que estaba lleno de pavor.

"Creo que estoy muy gordo en ese dibujo", pensé.

Pero era yo. ¡Definitivamente, era YO!

—¡Mamá! —grité cerrando la revista y saltando de la cama—. ¡Mamá! ¡Papá! ¡Tienen que ver esto!

Salí como un relámpago de mi cuarto y volé escaleras abajo. ¡Creo que mis pies no tocaron el suelo!

—¡Mamá! ¡Papá! ¿En dónde están?

Los encontré en la cocina, preparando la cena. Mi papá estaba pelando cebollas en el lavaplatos. Tenía los ojos llenos de lágrimas. Mi mamá estaba inclinada sobre la estufa. Como de costumbre, no lograba encender el horno.

—¡Salí en la revista de historietas! —grité irrumpiendo en la cocina.

—¡Ahora no! —replicaron ambos al unísono.

—No. ¡Ustedes tienen que ver esto! —insistí sacudiendo la revista frente a la cara de mi papá.

Mi papá no dejó de pelar cebollas.

—¿Te publicaron una carta al editor? —preguntó en medio de sus lágrimas.

—¡No! ¡Estoy en la historieta! —le dije sin respirar. Se la acerqué.

—¡No puedo ver nada! —exclamó mi papá—. Quítame eso de la cara. ¿No te das cuenta de lo que esta cebolla me produce en los ojos?

—Hay un truco para pelar cebollas —dijo mi mamá inclinada sobre la estufa—. Pero yo no sé cual es.

Corrí adonde mi mamá.

—Tienes que mirar esto, mamá. Estoy aquí. Míralo. ¡Soy yo de verdad!

Mi mamá meneó la cabeza frunciendo el ceño.

—No puedo prenderlo —dijo suspirando—. Creo que se apagó el piloto otra vez.

—Yo lo miraré si paro de llorar —le dijo mi papá.

—¡¿Pueden mirar esto?! —vociferé sabiendo que llevaba las de perder.

Mi mamá echó una rápida ojeada a la página que había puesto frente a ella.

—Sí, sí. Ése sí se parece un poco a tí, Skipper —dijo apartándome. Volvió al horno—. Querido, definitivamente necesitamos una nueva estufa.

—Papá... echa una mirada —le rogué.

Corrí otra vez a donde él, pero se había echado una toalla encima de la cara para secarse las lágrimas.

—Supongo que no puedes mirar ahora, ¿no es cierto? —dije calmadamente.

No contestó. Seguía secándose las lágrimas.

Di un largo quejido de desespero. ¿Qué era lo que les pasaba?

Ésta era la cosa más emocionante que me hubiera

sucedido en la vida. Y no se les podía molestar para que echaran una mirada.

Furioso, cerré la revista y salí del cuarto como una ráfaga.

—Skipper, pon la mesa —me gritó mi mamá.

"¿Poner la mesa? Soy la estrella en una famosa revista de historietas y ¿me pide que ponga la mesa?"

—¿Por qué no le pides a Mitzi que lo haga? —le pregunté gritando.

—Pon la mesa, Skipper —repitió mi mamá con firmeza.

—Está bien, está bien. En algunos minutos —le respondí de lejos. Me acosté en el diván de la sala y miré la contraportada de la revista. De la emoción tan grande que tenía no la había leído hasta el final. Ahora quería leer la parte en que le dicen a uno qué traerá el siguiente número.

Mis ojos le dieron una barrida a la página. Ahí seguía la Gacela Galopante en el hirviente cuarto. Y ahí estaba el Mutante Enmascarado, afuera junto a la puerta, listo para declarar victoria.

Me fijé en la parte blanca sobre la cabeza de la Gacela Galopante en que mostraban su pensamiento. ¿Qué era lo que decía?

—El único que puede salvarme ahora es el niño —pensaba la Gacela Galopante—. Solamente el niño puede salvar al mundo de la perversidad del Mutante Enmascarado. Pero, ¿en dónde está él?

Lo leí otra vez. Y otra vez.

¿Sería cierto? ¿Era yo el único que podía salvar a la Gacela Galopante?

¿Era preciso que regresara allá otra vez?

18

Al día siguiente, después de clases, me fui rápidamente al paradero del autobús. El día estaba claro y frío. El suelo bajo mis zapatos de tenis se sentía bien duro por lo congelado. El firmamento se veía como una ancha sábana de frío hielo azul.

Inclinándome ante las ráfagas de viento, me preguntaba si me encontraría con Libby en el autobús. Me moría por contarle acerca de la revista de historietas. Tenía ganas de decirle que iba a entrar nuevamente al extraño edificio.

¿Entraría otra vez conmigo?

"Ni de riesgos", me dije. Libby se había asustado mucho en nuestra primera visita. No podía obligarla a entrar de nuevo.

Troté junto a las canchas de juegos mirando hacia la calle en espera de que apareciera un autobús.

—¡Oye, Skipper! —oí que llamaba una voz familiar. Me di la vuelta y vi que Wilson venía corriendo, con su abrigo sin cerrar aleteando tras él—. Skipper... ¿en qué andas? ¿Vas hacia tu casa?

A dos cuadras, el autobús azul y blanco dobló la esquina.

—No. Voy a otro sitio —le dije a Wilson—. Ahora no puedo ponerme a ver tu colección de sellos de caucho.

Se puso serio:

—Ya no colecciono sellos de caucho —me dijo—. Los dejé.

No pude ocultar mi sorpresa:

—¿Ah? ¿Por qué?

—Me quitaban mucho tiempo —contestó.

El autobús arrimó al paradero. Abrió la puerta.

—Te veré más tarde —le dije a Wilson.

Al subirme al autobús, recordé a dónde me dirigía. Y de repente me pregunté si yo volvería a ver a Wilson. ¡Me pregunté si no lo vería nunca más!

Libby no estaba en el autobús. Por un lado, me alegraba. Significaba que no tendría que explicarle qué era lo que estaba haciendo.

Se habría reído de mí por haber creído lo que leía en una historieta.

Pero la historieta había dicho la verdad acerca de la cortina invisible. Y ahora decía que yo era el único que podía salvar a la Gacela Galopante y acabar con la perversidad del Mutante Enmascarado.

—¡Pero si solamente es una revista de historietas! —me habría dicho Libby—. ¿Cómo puedes ser tan imbécil de creer en ella?

Eso es lo que ella habría dicho. Y yo no habría sabido cómo contestarle.

Así que me alegraba que no estuviera en el autobús.

Me bajé del autobús frente al lote vacío. Lo miré desde enfrente. Yo sabía que en realidad no estaba vacío. Sabía que ahí estaba un edificio rosado y verde, escondido detrás de la cortina invisible.

Al cruzar la calle, sentí que me invadía una ola de miedo. Traté de tragar saliva pero casi me atraganto. Sentía como si alguien hubiera atado un nudo en mi garganta. Sentía que el estómago me temblaba. Y mis rodillas sudaban y se negaban a doblarse.

Me detuve en el andén y luché por calmarme.

"Es solamente una revista de historietas. Solamente una revista de historietas". Eso era lo que me repetía una y otra vez.

Finalmente, mirando de frente al lote vacío, me llené de suficiente valor para seguir adelante. Un paso. Otro. Otro.

Súbitamente, el edificio apareció ante mis ojos.

Me quedé sin respiración. Aunque ya había cruzado la cortina invisible antes, era inquietante ver a todo un edificio aparecer a la vista en forma súbita.

Tragué saliva, abrí una de las puertas de vidrio y me introduje al bien iluminado vestíbulo rosado y amarillo.

Quedándome cerca a la puerta me volteé a la izquierda y después a la derecha.

Seguía vacío. Nadie a la vista.

Tosí. Mi tos apenas se oyó dentro del inmenso vestíbulo. Mis zapatos de tenis chirriaron sobre el piso de mármol y me dirigí hacia los ascensores de la lejana pared.

"¿En dónde está todo el mundo?" me pregunté. "Estamos a mitad de la tarde. ¿Cómo puede ser que yo sea el único en este enorme vestíbulo?"

Me paré frente a los ascensores. Levanté el dedo y lo puse frente al botón del ascensor... pero no lo oprimí.

"Desearía que Libby hubiera venido conmigo", pensé. "¡Si Libby estuviera aquí, por lo menos tendría a alguien con quien compartir mi terror!"

Oprimí el botón del ascensor.

—Bien... aquí voy —murmuré esperando que se abriera la puerta.

En ese momento alguien soltó la risa. Una fría risa macabra.

Justo detrás de mí.

19

Solté un pequeño grito y giré en redondo.

No había nadie ahí.

Se repitió la risa. Suave, pero cruel.

Mis ojos buscaron por todo el vestíbulo. No podía ver a nadie.

—¿Quién está ahí? —pregunté en forma entrecortada.

La risa cesó.

Continué la búsqueda. Alcé mis ojos hacia la pared encima del ascensor. Un pequeño parlante negro sobresalía de la pared amarilla.

Me imaginé que la risa habría salido de ahí. Me quedé mirándolo como si esperara ver a alguien ahí.

"¡Sal de aquí!", me rogaba una voz dentro de mí. Mi voz sensata. "¡Da media vuelta, Skipper, y sal corriendo de este edificio tan rápido como tus temblorosas piernas de caucho te lo permitan!"

La ignoré y oprimí el botón del ascensor. Las puertas del ascensor de la izquierda se abrieron silenciosamente y me subí.

Las puertas se cerraron. Me quedé mirando el tablero de controles. ¿Debería oprimir hacia arriba o hacia abajo?

En mi última visita había oprimido hacia arriba, el botón del último piso... y el ascensor nos llevó a Libby y a mí hacia abajo, al sótano.

Mi dedo titubeó frente a los botones. ¿Qué sucedería si esta vez oprimía hacia ABAJO?

No tuve tiempo de saberlo. Con una sacudida, el ascensor empezó a moverse antes de que yo oprimiera ningún botón.

Me agarré de la baranda. Mi mano estaba fría y húmeda. El ascensor zumbaba mientras subía.

Me di cuenta de que estaba subiendo. Arriba, ¿ hacia dónde?

El viaje me pareció eterno. Miraba como giraban los números en la parte de arriba del tablero de controles. Cuarenta... cuarenta y uno... cuarenta y dos... El ascensor hacía "bip" al pasar por cada piso.

Se detuvo en el cuarenta y seis. ¿Sería éste el último piso?

Las puertas se abrieron. Solté la baranda y salí.

Eché un vistazo por todo el largo corredor gris. Mis ojos pestañearon una vez. Dos veces. Parecía como si hubiera entrado a una película en blanco y negro. Las paredes eran grises. El cielo raso era gris. El piso era gris. Las puertas a ambos lados del corredor eran grises.

"Me siento como si estuviera parado en medio de una espesa neblina gris —pensé mirando a un lado y al otro—, o dentro de una nube oscura".

Nadie a la vista. Nada moviéndose.

Escuché atentamente. Escuché para ver si oía voces, risas, ruidos de máquinas de oficina.

Silencio... exceptuando los fuertes latidos de mi corazón.

Metí mis manos, entumecidas del frío, en los bolsillos de mis pantalones y comencé a caminar lentamente a lo largo del corredor.

Doblé la esquina y desemboqué a otro largo corredor gris. El extremo lejano del corredor parecía desvanecerse, como un borrón gris.

De repente me acordé de los dibujos en el más reciente número de *El Mutante Enmascarado*. Un dibujo grande que ocupaba dos páginas mostraba los largos corredores del cuartel general secreto del Mutante Enmascarado.

Los largos corredores en la historieta se veían exactamente como estos corredores... excepto que en la revista los corredores tenían paredes verdes brillantes y cielo raso amarillo. Y los cuartos estaban llenos de disfrazados supervillanos que trabajaban para el Mutante Enmascarado .

A medida que caminaba por estos grises corredores vacíos tuve un pensamiento extraño. Todo se veía tan gris y desvanecido que tuve la sensación de estar en un bosquejo de corredor. En un dibujo en blanco y negro a lápiz que no había sido coloreado aún.

Pero naturalmente eso no tenía ningún sentido.

"Tienes pensamientos locos porque estás muy asustado", me dije a mí mismo.

Y entonces oí un ruido.

El sonido fuerte de un golpeteo. Un golpe seco.

—¡Huy! —susurré. Mi corazón pareció dar un brinco hasta mi garganta. Me detuve en la mitad del corredor. Y me puse a escuchar.

Bum. Tam.

Venía de más adelante. ¿Sería a la vuelta de la esquina?

Me esforcé por caminar. Doblé por la esquina. Y me quedé sin respiración ante los brillantes colores.

Las paredes a lo largo de este corredor eran verde brillante. El cielo raso era amarillo. La gruesa alfombra bajo mis pies era de color vino rojo oscuro.

Bum. Bum. Tam.

Los colores eran tan brillantes que tuve que taparme los ojos con una mano.

Por entre los dedos miré el extremo del corredor. Las paredes verdes conducían a una puerta amarilla cerrada. La puerta tenía un cerrojo metálico en el frente.

Tam. Tam.

Los sonidos de golpes salían detrás de la puerta con cerrojo.

Me fui despacio por el corredor hasta la entrada.

Me detuve frente a la puerta con cerrojo.

—¿Hay alguien ahí? —traté de llamar desde afuera. Pero mi voz me salió como un susurro apagado.

Tosí y lo intenté de nuevo.

—¿Hay alguien ahí?

Ninguna respuesta.

Luego, otro sonoro golpe. Como de una madera pegando contra otra madera.

—¿Hay alguien ahí? —llamé con voz un poco más fuerte.

Los golpeteos cesaron.

—¿Puedes ayudarme? —la voz de un hombre salía del cuarto.

Me petrifiqué.

—¿Puedes ayudarme? —rogaba el hombre.

Titubeé por un segundo. ¿Debería tratar de ayudarlo? Sí.

Levanté ambas manos hasta el cerrojo metálico. Tomé bastante aire y le di un empellón con toda mi fuerza.

Para sorpresa mía, se abrió con facilidad.

La puerta quedó sin cerrojo. Le di vuelta a la manija y, empujándola, abrí la puerta.

Entré tambaleando y me quedé mirando con asombro a una figura que a su vez me miraba.

—¿Tú... tú existes de verdad? —exclamé.

20

Su capa estaba arrugada y tenía la máscara caída sobre un ojo. Pero reconocí que estaba frente a la Gacela Galopante.

—¿Eres de verdad un ser viviente? —pregunté abruptamente.

—Desde luego —respondió con impaciencia—. Desátame, niño —miró hacia la puerta abierta—. Es mejor que te apures.

Me di cuenta de que sus poderosos brazos y piernas estaban atados a la silla. Los golpeteos eran los sonidos de su silla contra el piso en sus intentos por escapar.

—¡No... no puedo creer que estés aquí! —exclamó. Yo estaba tan asombrado... y tan asustado... que, ¡no entendía que era lo que él decía!

—Te daré mi autógrafo después —dijo sin quitar los ojos de la puerta—. Pero, apúrate, ¿está bien? Tenemos que salir de aquí. No creo que dispongamos de mucho tiempo.

—¿T- tiempo? —repliqué tartamudeando.

—Regresará —murmuró la Gacela Galopante—. Tenemos que llegar a él antes de que él llegue a nosotros, ¿no te parece, niño?

—¿¿A nosotros?? —sollocé.

—Sólo desátame —me aleccionó la Gacela Galopante—. Yo puedo batirme con él —meneó la cabeza—. Desearía poder ponerme en contacto con mis amigos de la Liga. Ellos seguramente me están buscando por todo el universo.

Medio turulato aún, crucé el pequeño cuarto tambaleándome hasta llegar a la silla y comencé a desatar las cuerdas. Los nudos eran grandes y apretados, difíciles de desatar. La burda cuerda raspaba mis manos en mis intentos por deshacer los nudos.

—Apúrate, niño —urgió la Gacela Galopante—. Oye, ¿cómo fue que pudiste dar con el cuartel general secreto?

—Sen- sencillamente lo encontré —respondí luchando con los nudos.

—No seas modesto, niño —dijo el superhéroe con voz llana—. Usaste tus poderes secretos ciber-radares, ¿no es cierto? ¿O usaste control ultra-mental para leer mis pensamientos y apresurarte a mi rescate?

—No. Solamente tomé el autobús —respondí.

En realidad no sabía cómo responderle. ¿Me habría confundido con algún otro?

¿Por qué estaba aquí? ¿Qué nos iría a pasar a nosotros? ¿A mí?

Preguntas. Preguntas. Volaban por mi mente mientras luchaba frenéticamente con la gruesa cuerda.

Traté de ignorar el dolor de las cortadas y raspones en mis manos. Pero dolían mucho.

Finalmente, uno de los nudos se desató. La Gacela Galopante flexionó sus músculos y expandió su poderoso pecho... y las cuerdas cedieron fácilmente.

—Gracias, niño —dijo con fuerza y de un salto se puso de pie. Se ajustó su máscara para poder ver a través de ambos agujeros. Echó su capa hacia atrás y se compuso las mallas.

—Bueno. Vamos a hacerle una visita de sorpresa —dijo arreglándose las puntas de sus guantes. Dio largas y fuertes zancadas hacia la puerta. Sus botas retumbaban contra el piso al caminar.

—¿Ah...? ¿Quieres en realidad que yo te acompañe? —le pregunté escondiéndome detrás de la silla.

Asintió:

—Yo sé lo que te preocupa, niño. Te preocupa que no puedas mantenerte al ritmo mío porque tengo dinopiernas y soy el más veloz mutante viviente en el universo conocido.

—Bueno... —dije titubeando.

—No te preocupes —replicó—. Iré despacio —hizo un ademán de impaciencia—. Vamos andando.

Tropecé con el arrume de cuerdas que había quedado en el piso. Me agarré de la silla para mantener el equilibrio. Y lo seguí por los corredores verdes y amarillos.

Dándose la vuelta comenzó a correr por el corredor. Trataba de mantenerme a su paso, pero se convirtió en un borrón de luz azul y roja... y desapareció.

Unos segundos más tarde, regresó trotando.

—Excúsame. ¿Iba muy rápido para tí? —preguntó.

Asentí.

—Un poco.

Con fuerza, puso su mano enguantada sobre mi hombro. Sus ojos grises me miraron solemnemente a través de los agujeros de su máscara.

—¿Eres hábil para trepar muros? —inquirió.

Meneé mi cabeza:

—No. Lo siento.

—Bueno. Nos iremos por las escaleras —dijo.

Agarró mi mano y me arrastró por el corredor. Se movía tan rápidamente que tenía mis dos pies iban por el aire.

Supongo que para él era imposible ir despacio.

Las paredes parecían girar; se veían como un borrón verde brillante. Arrastrándome, doblamos una esquina y después otra.

¡Me sentía como si estuviera volando! Nos movíamos tan rápido que no tenía tiempo para respirar.

Doblamos otra esquina. Luego pasamos por una puerta abierta.

La puerta conducía al descanso de unas inclinadas escaleras oscuras. Con el rabillo del ojo traté de mirar hacia arriba, pero solamente se veía una espesa negrura.

Suponía que la Gacela Galopante me llevaría escaleras arriba. Pero para mi sorpresa, se detuvo apenas cruzamos la puerta.

Entrecerró los ojos en las escaleras.

—Ahí hay un rayo desintegrador —me informó, acariciándose su quijada cuadrada en ademán pensativo.

—¿Un qué? —exclamé.

—Un rayo desintegrador —repitió con los ojos fijos en las escaleras—. Si tú lo atraviesas, te desintegrará en una centésima de segundo.

Tragué saliva. Mi cuerpo entero comenzó a temblar.

—¿Crees que puedes saltar los dos primeros escalones? —me preguntó la Gacela Galopante.

—¿Quieres decir...? —empecé a contestar.

—Y caer en el tercer escalón —me aleccionó—. Toma un buen impulso.

"Lo necesitaré", pensé mirando los altos escalones.

De repente me vino un deseo de no haber comido tantas tortas ni tantos cereales cada mañana al desayuno. Si fuera un poco más delgado, un poco menos pesado...

—Corre y toma un buen impulso y asegúrate de saltarte los primeros dos escalones —me advirtió la Gacela Galopante—. Aterriza en el tercer escalón y sigue moviéndote. Si caes en el primero o en el segundo escalón te desintegrarás —hizo un ademán con los dedos—, puf.

Me salió un pequeño quejido de terror. No podía evitarlo. Quería mostrarme valiente. Pero mi cuerpo no cooperaba. Temblaba y me sacudía como si estuviera hecho de gelatina.

—Iré primero —dijo el superhéroe. Se puso frente a las escaleras, dobló las rodillas, estiró ambas manos hacia adelante... y saltó por encima del rayo desintegrador invisible. Cayó en el quinto escalón.

Se volteó y me hizo señas para que lo siguiera.

—¿Ves? Es fácil —dijo alegremente.

"¡Fácil para tí!", pensé atribulado. Algunos de nosotros no tenemos dinopiernas.

—Apresúrate —me urgió—. Si te detienes a pensarlo, no podrás hacerlo.

"¡Ya lo estoy pensando!", pensé. "¿Cómo puedo no pensarlo?"

—No... no soy muy atlético —murmuré con vocecita temblorosa. ¡No había para qué decirlo! Cada vez que juego en cualquier deporte con los niños que conozco, soy el último niño que escogen para hacer equipo.

—Apresúrate —me urgió la Gacela Galopante. Me extendió ambas manos—. Toma un buen impulso para saltar, niño. Y apúntale al tercer escalón. No es tan alto como parece. Yo te agarraré.

El tercer escalón me parecía un kilómetro arriba. Pero contuve la respiración, doblé las rodillas, tomé impulso para saltar... mi mejor salto...

... Y caí estrepitosamente en el primer escalón.

21

Grité y cerré mis ojos herméticamente mientras el rayo desintegrador me atravesaba y mi cuerpo se volvía trizas en el aire.

En realidad, no sentí nada.

Abrí mis ojos y me encontré todavía parado en el escalón de abajo. Todavía estaba de una sola pieza gordita.

—Yo... yo... yo... —tartamudeé.

—Supongo que no lo tiene prendido —dijo la Gacela Galopante calmadamente. Me sonrió a través de la máscara—. Tuviste suerte, niño.

Todavía estaba temblando. Goterones fríos de sudor me chorrearon por la frente. No podía hablar.

—Espero que tu suerte te acompañe —musitó la Gacela Galopante. Dio media vuelta y comenzó a subir por las escaleras con la capa flotando tras él—. Vamos. Cumplamos con nuestro destino.

Esas palabras no me gustaron. Para nada.

Pero es que no me gustaba nada de lo que estaba

pasando. La Gacela Galopante había dicho que yo tenía suerte. Pero la verdad es que no consideraba una suerte tener que seguirlo escaleras arriba hacia la oscuridad.

En el descanso superior, abrió una ancha puerta metálica y entramos a un asombroso cuarto.

El cuarto brillaba de color. Estaba decorado como una oficina, la más elegante, la más lujosa oficina que yo había visto en mi vida.

La peluda alfombra blanca era tan suave y gruesa que yo me hundía en ella casi hasta los tobillos. Sedosas cortinas azules colgaban sobre enormes ventanas desde las cuales se veía toda la ciudad. Resplandecientes candelabros de cristal colgaban del techo.

Aterciopelados sofás y sillas estaban dispuestos alrededor de mesas de madera oscura. Una pared estaba recubierta con una biblioteca que iba del piso al techo y cada entrepaño estaba lleno de libros con cubiertas de cuero.

Una pantalla gigante de televisión, oscura, estaba en una esquina. A su lado había una pared llena de equipos electrónicos. Óleos enormes de haciendas con pastos verdes cubrían una pared.

Un reluciente escritorio dorado estaba en la mitad del cuarto. La alta silla detrás del escritorio parecía más un trono que una silla.

—¡Huy! —exclamé quedándome cerca de la puerta mientras mis ojos captaban el esplendor del inmenso cuarto.

—Se da muchos gustos —comentó la Gacela Galopante—. Pero se le acabó su tiempo.

—¿Quieres decir...? —intenté preguntar.

—Soy muy rápido para él —se jactó el superhéroe—. Correré en círculos alrededor de él, cada vez más rápido... hasta convertirme en un furioso ciclón. Que lo enviará lejos para siempre.

—Huy —repetí. No sabía qué más decir.

—La vez anterior me sorprendió adormilado —continuó la Gacela Galopante—. Es la única forma como puede atraparme. Cuando estoy dormido. En cualquier otro momento, soy demasiado rápido para él. Demasiado rápido para cualquiera. ¿Sabes qué tan rápido puedo correr los cien metros?

—¿Qué tan rápido? —le pregunté.

—Los corro en un décimo. Un décimo de segundo. Eso sería una marca olímpica. Pero no me dejan competir en las Olimpiadas porque soy mutante.

Comencé a seguir a la Gacela Galopante hacia el centro del cuarto. Pero me detuve cuando oí una risotada.

La misma risotada fría que había escuchado en el vestíbulo.

Me petrifiqué del miedo.

Y me quedé mirando al escritorio dorado moverse. Y transformarse.

El oro reluciente resplandecía al crecer y doblarse, convirtiéndose en una figura humana.

Di un paso hacia atrás, tratando de esconderme detrás de la Gacela Galopante mientras el escritorio se desleía... y el Mutante Enmascarado tomaba su lugar.

Sus oscuros ojos quemaban amenazadoramente a través de los agujeros de su máscara. Era mucho más alto de lo que parecía en la historieta. Y se veía mucho más poderoso.

Y mucho más aterrador.

Levantó su puño frente a la Gacela Galopante.

—¿Osas invadir mi oficina privada? —lo increpó.

—Puedes decirle adiós a todo tu esplendor mal habido —le dijo la Gacela Galopante al mutante.

—¡A tí te diré adiós! —reviró el Mutante Enmascarado, escupiendo las palabras con rabia.

Y volvió sus pavorosos ojos fríos hacia mí.

—Me las veré fácilmente contigo, Gacela —dijo calmadamente el más maligno supervillano del mundo—. Pero, primero, ¡observa como destruyo al niño!

22

Me encogí hacia atrás mientras el Mutante Enmascarado daba un paso hacia mí con su puño levantado y sus ojos negros clavados furiosamente en los míos.

Con el corazón retumbándome, di media vuelta y frenéticamente busqué un escondite.

Pero no había sitio donde esconderme.

Y no podía escaparme corriendo. La puerta se cerró de un golpe mientras el Mutante Enmascarado se acercaba.

—¡Ay! —grité tapándome la cara con ambas manos.

No soportaba ver como me miraba con sus crueles ojos fríos mientras se acercaba.

"Va a destruirme" pensé, "¡pero no tengo que mirar cuando lo haga!"

Y entonces, mientras el Mutante Enmascarado daba un paso más, la Gacela Galopante se interpuso en su camino.

—¡Tendrás que vértelas conmigo, mutante! —le

advirtió con voz penetrante—. Si quieres hacerle daño al niño, tendrás que vencerme a mí primero.

—Sin problema —declaró calmadamente el Mutante Enmascarado.

Pero su expresión cambió cuando la Gacela Galopante comenzó a girar alrededor de él. Cada vez más rápido... hasta cuando la Gacela parecía haber desaparecido tornándose en un ciclón furioso azul y rojo.

Mientras retrocedía hasta la pared me di cuenta de que la Gacela estaba realizando su plan.

"Va a correr cada vez más rápidamente alrededor del Mutante Enmascarado hasta crear un huracán que se lleve lejos al mutante macabro", me dije.

Recostando mi espalda contra la pared, miraba la asombrosa batalla con ansiedad. La Gacela Galopante giraba cada vez más rápidamente. Más rápido. Tan rápido que una poderosa brisa barría todo el cuarto, bamboleando las cortinas, tumbando los floreros, haciendo volar los libros.

"¡Sí!" —pensé con felicidad alzando ambos puños al aire—, "¡Sí! ¡Ganamos! ¡Ganamos!"

Bajé mis manos y solté un gemido de horror al ver que el Mutante Enmascarado sacaba una pierna sin mayor esfuerzo.

La Gacela Galopante tropezó contra la pierna y estruendosamente se cayó de bruces sobre el piso.

Rebotó fuertemente un par de veces y quedó inmóvil.

La brisa cesó. Las cortinas dejaron de bambolearse.

El Mutante Enmascarado se paró encima del superhéroe poniéndose las manos en la cintura de su disfraz en señal de triunfo.

—¡Levántate! —grité sin siquiera darme cuenta de lo que estaba haciendo—. ¡Levántate, Gacela! ¡Por favor!

La Gacela se quejó, pero no se movió.

—Hora de cenar —dijo con desprecio el Mutante Enmascarado.

Con mi espalda contra la pared, miré con horror cómo el Mutante comenzaba nuevamente a transformarse. Su cara se arrugó y pareció aplanarse. Su cuerpo se hizo más bajo y se inclinó hacia adelante poniendo las manos sobre el piso.

Dió un paso hacia adelante bramando como un leopardo. Inclinando la cabeza a un lado, el leopardo dió un feroz gruñido de ataque.

Arqueó su espalda, tensionó sus patas traseras... y saltó sobre el cuerpo exánime de la Gacela Galopante.

—¡Levántate! ¡Levántate, Gacela! —sollocé al atacar el leopardo.

El Mutante Enmascarado clavaba sus garras y mordía a la indefensa Gacela.

—¡Levántate! ¡Levántate! —grité.

Para mi sorpresa, la Gacela Galopante abrió los ojos.

El leopardo feroz le arrancó la parte de abajo de la máscara a la Gacela.

La Gacela Galopante se escurrió por debajo de la enorme bestia y de un salto se puso de pie.

Rugiendo, el leopardo rasgó de un zarpazo la capa de la Gacela.

—¡Yo me voy de aquí! —gritó la Gacela dando saltos hacia la puerta. Se volvió hacia mí —¡Tendrás que arreglártelas tú solo, niño!

—¡No! ¡Espera! —imploré.

Creo que la Gacela no me escuchó. De un empellón, abrió la puerta con su hombro y desapareció.

La puerta se cerró detrás de él.

Rápidamente, el leopardo se transformó, levantándose en sus patas traseras, moviendo y cambiando su cuerpo... hasta cuando el Mutante Enmascarado caminó hacia adelante.

Al acercarse me sonrió fría y amenazadoramente.

—Tendrás que arreglártelas tú solo, niño —dijo calmadamente.

23

Me movía recostado a lo largo de la pared a medida que el Mutante Enmascarado se acercaba lentamente. Sabía que no podía llegar hasta la puerta como lo había hecho la Gacela. Yo no era suficientemente veloz.

"¡Debería llamarse la Gallina Galopante!", pensé con amargura.

¿Cómo pudo salvar su propio pellejo y dejarme aquí así?

Yo no podía correr. No podía pelear. ¿Qué podía hacer?

¿Qué podía hacer contra un mortal enemigo que podía transformarse en cualquier cosa sólida?

El Mutante Enmascarado se detuvo en el centro del cuarto con las manos en la cintura. Sus ojos le brillaban. Estaba deleitándose con mi terror. Y ya estaba saboreando su victoria.

—¿Cuáles son tus poderes, niño? —inquirió con voz de desprecio.

—¿Ah? —su pregunta me tomó por sorpresa.

—¿Cuáles son tus poderes? —repitió impacientemente echándose la capa hacia atrás—. ¿Puedes encogerte hasta convertirte en un pequeño insecto? ¿Es ése tu secreto?

—¿Ah? ¿Encogerme? ¿Yo? —temblaba tanto que no podía pensar bien.

¿Por qué me hacía estas preguntas?

—¿Te conviertes en llamas? —insistió mientras se acercaba—. ¿Es ése tu poder? ¿Eres magnético? ¿Lees las mentes? —su voz denotaba rabia—. ¿Cuál es, niño? ¡Contéstame! ¿Cuál es tu poder?

—Yo... yo no tengo ningún poder —tartamudeé. ¡Si me hubiera recostado más contra la pared me habría convertido en parte del papel de colgadura!

El Mutante Enmascarado soltó la risa.

—Así que no me vas a decir, ¿ah? Bien, bien. Será como tú quieras.

Su sonrisa se desvaneció. Sus oscuros ojos se volvieron fríos y duros.

—Solamente trataba de hacer las cosas más fáciles para tí —dijo acercándose aún más—. Quiero destruirte en la forma más fácil posible.

—Ah, ya veo —musité.

Con el rabillo del ojo vi algo en la biblioteca. Una piedra lisa tan grande como un coco. Era parte de la decoración. Me pregunté si sería una buena arma.

—Puedes decir adiós, niño —dijo a través de los dientes cerrados.

Se acercó rápidamente.

Mientras se acercaba, agarré la piedra de la biblioteca. Era más pesada de lo que me imaginaba. Me di cuenta de que no era una piedra. Tenía la forma de una piedra lisa. Pero estaba hecha de acero sólido.

La levanté y apunté bien. Y la lancé contra la cabeza del Mutante Enmascarado.

No atiné.

La piedra cayó pesadamente sobre la alfombra.

—Buen intento —murmuró...

... y se acercó rápidamente para destruirme.

24

Traté de eludirlo, pero él era muy rápido.

Me agarró por la cintura con sus poderosas manos y me levantó del piso.

Más alto. Más alto.

Me di cuenta de que estaba moviendo sus moléculas para que sus brazos se estiraran hasta levantarme por encima del candelabro.

Sacudí los brazos y las piernas tratando de escabullirme. Pero él era muy fuerte.

Más alto. Más alto. Hasta cuando mi cabeza pegó contra el techo, por lo menos a ocho metros del piso.

—¡Feliz aterrizaje! —exclamó gozoso el Mutante Enmascarado preparándose para dejarme caer como una plomada a un siniestro destino.

Pero antes de que pudiera soltarme oí que la puerta se abría.

El Mutante Enmascarado también lo oyó. Sujetándome suspendido en el aire, se volteó para ver quien entraba.

—¡Tú! —exclamó sorprendido.

Bien alto sobre el piso, me retorcí y doblé la cabeza para ver a través del candelabro. La luz resplandecía por los cristales y me era imposible ver bien.

—¿Por qué te atreves a introducirte aquí? —le gritó el Mutante Enmascarado al intruso.

Me bajó un poquito. Lo suficiente para alcanzar a ver la puerta.

—¡Libby! —grité—. ¿Qué estás haciendo aquí?

25

El Mutante Enmascarado me bajó al piso y se volteó para enfrentarse a Libby. Mis piernas se tambaleaban tanto que tuve que agarrarme de la biblioteca para no caerme.

—Libby... ¡vete de aquí! ¡Aléjate! —traté de advertirle.

Pero entró como una tromba al cuarto, con el pelo rojo alborotado. Tenía los ojos puestos en mí ignorando por completo al Mutante Enmascarado.

¿No sabe ella que él es el más vil supervillano del universo conocido?

—Skipper... ¿no me oíste cuando te llamaba? —preguntó con firmeza.

—¿Ah?, Libby...

—Yo estaba enfrente —dijo— cuando ibas a entrar al edificio. Te llamé.

—No... no te oí —tartamudeé—. Escúchame, es mejor que te vayas de aquí, Libby.

—Te he buscado por todas partes —continuó, ignorando mis advertencias, ignorando mis frenéticas señas—. ¿Qué estás haciendo aquí, Skipper?

—Eh... en realidad no puedo hablar ahora mismo —repliqué señalándole al Mutante Enmascarado.

Él estaba impaciente, con las manos en la cintura, golpeando la alfombra con las botas.

—Por lo visto tendré que destruirlos a los dos —dijo calladamente.

Libby giró sobre sí. Parecía haberse dado cuenta del supervillano por primera vez.

—Skipper y yo nos vamos ya —dijo con desprecio.

Me quedé sin respiración. ¿No sabía ella a quién le estaba hablando?

No. Desde luego que no lo sabía. Ella solamente lee historietas de *Harry & Beanhead en la Secundaria*. ¡Me di cuenta de que ella no podía tener la más remota idea del peligro en que estábamos!

—Lo siento —replicó el Mutante Enmascarado, devolviéndole el desprecio a Libby a través de los agujeros de su máscara—. No van a irse. Es más, nunca jamás volverán a salir de este edificio.

Libby le devolvió la mirada. Vi como cambiaba su expresión. Sus verdes ojos se desorbitaron y se quedó boquiabierta.

Retrocedió un paso hasta estar junto a mí.

—Tenemos que hacer algo —me dijo en secreto.

¿Hacer algo?

¿Qué podíamos hacer nosotros contra el monstruoso megamutante?

Tragué saliva. No sabía cómo contestarle.

111

El Mutante Enmascarado se echó para atrás la capa y dio un paso hacia nosotros.

—¿Quién quiere ser primero? —preguntó calmadamente.

Me volteé y vi que Libby se había echado para atrás hasta la biblioteca. De su morral, sacó una pistola amarilla de juguete, hecha de plástico.

—Libby...¿qué estás haciendo? —le pregunté en secreto—. ¡Eso es sólo un juguete!

—Ya lo sé —me contestó en secreto—. Pero ésta es una historieta... ¿no es cierto? Nada es de verdad. Así que si se trata de una revista de historietas, ¡podemos hacer cualquier cosa!

Levantó la pistola plástica de juguete y apuntó hacia el Mutante Enmascarado.

Él soltó una risotada fría:

—¿Qué es lo que pretendes hacer con un juguete? —preguntó burlándose.

—Sólo pa-parece ser un juguete —tartamudeó Libby—. Es un derretidor de moléculas. ¡Sal de este cuarto... o derretiré todas tus moléculas!

La sonrisa del mutante se hizo más amplia.

—Buen intento —dijo mostrando las dos hileras de perfectos dientes blancos.

Entrecerró sus ojos mirando a Libby, dando otro paso hacia ella.

—Supongo que quieres ir primero. Trataré de no herirte... demasiado.

Libby sostuvo la pistola de juguete frente a su cara con ambas manos. Apretó los dientes preparándose para tirar del gatillo.

—Deja esa pistola. No te puede servir para nada —declaró el Mutante Enmascarado acercándose más.

—No estoy jugando —insistió Libby con voz entrecortada—. No es un juguete. Es en realidad un derretidor de moléculas.

El Mutante Enmascarado sonrió otra vez y se acercó otro paso. Y después, otro paso.

Libby apuntó con su pistola al pecho del mutante. Tiró del gatillo.

Un agudo silbido salió de la pistola.

El Mutante Enmascarado se acercó un paso más. Y después otro.

26

Libby bajó la pistola de plástico.

Ambos miramos horrorizados al Mutante Enmascarado acercándose más y más.

Se acercó un paso más. Y se detuvo.

Una brillante luz blanca envolvió su cuerpo. La luz se convirtió en una corriente eléctrica crepitante.

El mutante emitió un quejumbroso gemido. Y comenzó a derretirse.

Su cabeza se derritió dentro de su máscara. Más chiquita, más chiquita... hasta desaparecer por completo. La máscara vacía se descolgó sobre los hombros de su disfraz. En seguida, se derritió el resto del cuerpo, encogiéndose hasta cuando no quedó más que un disfraz arrugado y una capa, tirados sobre la alfombra.

Libby y yo nos quedamos mirando el disfraz en silencio.

—¡Fun-funcionó! —pude finalmente desatar palabra—. ¡La pistola de juguete... funcionó, Libby!

—Desde luego —replicó con una calma sorprendente. Caminó hasta el disfraz vacío y lo pateó con sus zapatos de tenis—. Desde luego que funcionó. Yo le advertí que era un derretidor de moléculas. No me hizo caso.

Mi cerebro me daba saltos. En realidad, no entendía. Era sólo una pistola de juguete. ¿Cómo pudo destruir al más poderoso mutante de la Tierra?

—¡Salgamos de aquí! —supliqué dando pasos hacia la puerta.

Libby se interpuso en mi camino:

—Lo siento, Skipper —dijo con calma.

—¿Lo sientes? ¿Qué quieres decir con eso?

Levantó la pistola de plástico y me apuntó:

—Lo siento —dijo— porque tú serás el próximo en desaparecer.

27

Al principio pensé que Libby estaba bromeando.

—Libby, baja esa pistola —le dije—. ¡Tienes un macabro sentido del humor!

Siguió apuntando a mi pecho con la pistola.

Solté una débil risa.

Pero en seguida dejé de reírme cuando vi la dura expresión que tenía su cara.

—Libby... ¿qué te pasa? —le exigí.

—No soy Libby —contestó calmadamente—. Siento darte la noticia, Skipper... pero Libby no existe.

Apenas dijo esas palabras, comenzó a transformarse. Su pelo rojizo se metió dentro de su cabeza. Sus mejillas se volvieron más anchas. Su nariz se alargó. Sus ojos verdes se volvieron negros.

Se estiró hacia arriba, creciendo mucho. Los músculos de sus flacos brazos se abultaron. A medida que crecía, también cambiaba su ropa. Sus pantalones y camiseta se desvanecieron... reemplazados por un disfraz muy conocido.

El disfraz del Mutante Enmascarado.

—Libby... ¿qué está sucediendo? —grité con vocecita asustada. No comprendía aún—. ¿Cómo haces eso?

Meneó su cabeza:

—Tú no eres rápido para comprender, ¿no es cierto? —dijo volteando sus ojos. Su voz se volvió un vozarrón fuerte. Una voz de hombre.

—Libby, yo...

Se echó la capa para atrás.

—Yo soy el Mutante Enmascarado, Skipper. Cambié mis moléculas para transformarme en una niña de tu edad y me puse por nombre Libby. Pero soy el Mutante Enmascarado.

—Pero... pero... pero... —chisporroteé.

Botó la pistola de juguete a un lado y me sonrió triunfante.

—¡Pero tú acabas de derretir al Mutante Enmascarado! —exclamé—. ¡Ambos vimos cómo se derretía!

Meneó la cabeza:

—No. Estás equivocado. Solamente derretí al Magnífico Hombre Molecular.

La miré atónito.

—¿Ah? ¿Al Hombre Molecular?

—Trabajaba para mí —explicó echándole una mirada al arrugado disfraz vacío en el piso—. Algunas veces le ordenaba disfrazarse de mí. Para confundir a la gente que me busca.

—Trabajaba para tí... ¿y lo derretiste? —exclamé.

—Soy un villano —replicó el Mutante Enmascarado sonriendo—. Hago cosas muy malas... ¿recuerdas?

Empecé a ver todo con claridad. Libby nunca había existido. Había sido el Mutante Enmascarado todo el tiempo.

El Mutante Enmascarado pasó por encima del disfraz arrugado acercándose a mí. Una vez más, presioné mi espalda contra la pared.

—Ahora no tengo alternativa. Tengo que hacerte algo bien malo, Skipper —me dijo sin ambages clavando duramente sus negros ojos en los míos a través de la máscara.

—Pero... ¿por qué? —imploré—. ¿Por qué no me dejas salir? Iré derecho a mi casa. Nunca le diré nada a nadie acerca de tí. ¡De veras! —le rogué.

Meneó la cabeza.

—No te puedo dejar salir. Ahora tú perteneces aquí.

—¿Ah? —me quedé sin aliento—. ¿Qué dices, Libby... quiero decir, Mutante?

—Tú perteneces aquí, Skipper —replicó fríamente—. Lo supe apenas te vi en el autobús por primera vez. Sabía que eras el perfecto cuando me dijiste que tú sabías todo acerca de mis historietas.

—Pero... pero... —chisporroteé de nuevo.

—Es difícil encontrar buenos personajes para mis cuentos, Skipper. Es difícil encontrar buenos enemigos. Siempre ando en busca de nuevas caras. Por eso me encantó descubrirte.

Su sonrisa macabra se hizo más amplia.

—Y cuando reconociste el edificio de mi cuartel general, supe que eras el correcto. Supe que estabas listo para convertirte en estrella de mis historietas.

Su sonrisa se desdibujó rápidamente.

—Lo siento, Skipper. Pero la historieta se acabó. Tu papel llegó a su final.

—¿Qué... qué vas a hacer? —tartamudeé.

—¡Destruirte, desde luego! —replicó el mutante con frialdad.

Recosté mi espalda contra la pared. Lo miré fíjamente pensando con rapidez.

—Adiós, Skipper —dijo calmadamente el Mutante Enmascarado.

—¡Pero no puedes hacer esto! —grité—. ¡Tú no eres más que un personaje en una revista de historietas! ¡Y yo soy de verdad! ¡Soy una persona viva de verdad! ¡Soy un niño de verdad!

Una extraña sonrisa apareció en los labios del mutante.

—No, no lo eres, Skipper —dijo con desprecio—. No eres de verdad. Ahora eres como yo. También eres un personaje de revista.

28

Me pellizqué el brazo. Se sentía tan caliente y real como siempre.

—¡Eres un mentiroso! —grité.

El Mutante Enmascarado asintió. Una sonrisa de complacencia apareció en su cara.

—Sí, soy mentiroso —estuvo de acuerdo—. Ésa es una de mis mejores cualidades —la sonrisa desapareció—. Pero esta vez no estoy mintiendo, Skipper. Tú dejaste de ser real.

Rehusé creerle.

—Me siento como siempre me he sentido —declaré.

—Pero yo te transformé en un personaje de historietas —insistió—. ¿Recuerdas cuando entraste por primera vez a este edificio? ¿Recuerdas que después de traspasar las puertas de vidrio un rayo de luz te atravesó?

Asentí:

—Sí, lo recuerdo —musité.

—Pues bien, ese era un explorador electrónico —continuó el Mutante Enmascarado—. Cuando pasaste por el rayo, exploró cada molécula de tu cuerpo. Las transformó en minúsculas gotitas de tinta.

—¡No! —grité.

Ignoró mi grito.

—Eso es todo lo que eres ahora, Skipper. Minúsculos puntos de tinta roja, azul y amarilla. Eres un personaje de historietas igual que yo.

Se deslizó hacia mí amenazadoramente con la capa flotando tras él.

—Pero siento informarte que hiciste tu última aparición en mi revista de historietas. O en cualquier revista de historietas.

—¡Espera! —exclamé.

—No puedo esperar más —replicó el Mutante Enmascarado con frialdad—. Ya he gastado demasiado tiempo contigo, Skipper.

—¡Pero es que yo no soy Skipper! —declaré.

—No soy Skipper Matthews —le dije—. Skipper Matthews no existe.

—¿De veras? —preguntó moviendo los ojos—. Y entonces, ¿quién eres?

—¡Soy el colosal Niño Elástico! —repliqué.

29

El Mutante Enmascarado casi se atraganta.

—¡Niño Elástico! —exclamó—. ¡Ya entiendo por qué me parecías tan conocido!

—Adiós, Mutante —dije con un vozarrón.

—¿Adónde vas? —preguntó en tono cortante.

—De regreso a mi casa en el planeta Xargos —repliqué dando pasos hacia la puerta—. No se me permite ser personaje invitado en otras revistas de historietas.

Rápidamente se interpuso en mi camino a la puerta.

—Buen intento, Niño Elástico —me dijo—. Pero eres un intruso en mi cuartel general secreto. Tengo que destruirte.

Me sonreí:

—¡Tú no puedes destruir al Niño Elástico! —alardeé—. ¡Estiraré mis brazos elásticos y te envolveré en ellos, y te apretujaré hasta convertirte en plastilina!

—No lo creo —replicó secamente el Mutante Enmascarado. Emitió un gruñido feroz—. Me cansé de todo este bla, bla, bla. ¡Te voy a volver flecos... y luego romperé los pedazos hasta hacerlos trizas!

Me sonreí de nuevo.

—¡No puedes! —le dije—. Soy elástico, ¿no lo recuerdas? No puedo ser roto en pedazos. Me doblo... ¡pero no me rompo! ¡Hay una sola forma en que el Niño Elástico puede ser destruido!

—¿Cuál es? —preguntó el Mutante Enmascarado.

—Con ácido sulfúrico —contesté—. ¡Es lo único que puede destruir mi cuerpo elástico!

Una sonrisa de complacencia se dibujó en su cara detrás de la máscara.

—¡Oh, oh! —grité—. ¡Me delaté sin darme cuenta!

Traté de correr a la puerta. Pero no fui suficientemente veloz.

Vi cómo el Mutante Enmascarado comenzaba a cambiar rápidamente. Se transformó en una ola hirviente de ácido sulfúrico.

Y antes de que pudiera moverme, la alta ola de ácido se vino contra mí.

30

Dando un grito agudo, salté lejos. La alta ola pasó de largo. La eludí por centímetros.

Me volteé y miré cómo caía sobre la alfombra. La alfombra comenzó a chamuscarse y a quemarse.

—¡Sí! —grité alborozado—. ¡Sí!

¡Nunca me había sentido tan feliz, tan fuerte, tan triunfante!

Había derrotado al Mutante Enmascarado. Lo había engañado totalmente. ¡Había destruido al más maligno supervillano que se ha parado sobre el planeta!

¡Yo! ¡Un niño de doce años llamado Skipper Matthews! ¡Había enviado al Mutante Enmascarado a su destino final!

Una treta bien sencilla. Pero había funcionado.

Por lo que había leído en las historietas, sabía que el Mutante Enmascarado podía, cambiando sus moléculas, transformarse en cualquier cosa sólida. Y luego recuperar su forma.

¡Pero yo lo había engañado para que se transformara en un líquido! Y una vez transformado en líquido, no podía volver a su forma original.

El Mutante Enmascarado se había ido para siempre.

—¡Skipper, eres un tipo muy astuto! —grité a todo pulmón. Estaba tan feliz que bailé un poco sobre la gruesa alfombra.

No podía creer que el Mutante Enmascarado hubiera creído que yo era el Niño Elástico. Me había inventado ese nombre. ¡Nunca había oído de ningún Niño Elástico!

"Pero cayó en la trampa. ¡Y ahora el vil supervillano ha desaparecido!", pensé alborozado.

"¡Y yo estoy vivo! ¡Vivo!"

Tenía mucha impaciencia por llegar a la casa y ver de nuevo a mi familia. El recorrido del autobús me pareció que tomaba horas enteras.

Finalmente me encontré corriendo por el antejardín. Y entré a la casa por la puerta principal.

De inmediato vi un sobre pardo sobre la mesa del correo. El nuevo número de *El Mutante Enmascarado*.

"¿A quién le importa?", me pregunté.

Lo ignoré y me apresuré a saludar a mis padres. Estaba muy contento de estar en casa, inclusive de ver a Mitzi.

—Mitzi, ¿qué te parece si jugamos al disco volador? —le pregunté.

—¿Ah? —me miró asombrada. Nunca quiero jugar a nada con mi hermanita.

Pero, hoy, simplemente quería estar feliz y celebrar que estaba vivo.

Mitzi y yo salimos deprisa al patio de atrás. Nos lanzamos el disco volador por casi una hora y media. La pasamos muy bien.

—¿Quieres comer algo? —le pregunté.

—Sí, tengo mucha hambre —contestó—. Mi mamá nos dejó una torta de chocolate en el mostrador.

Torta de chocolate era exactamente lo que quería.

Tarareando feliz, entré trotando a la cocina. Saqué dos platos del gabinete. Y en el cajón encontré el cuchillo grande para cortar tortas.

—¡No cortes tu tajada más grande que la mía! —me advirtió Mitzi mirándome cuidadosamente mientras me preparaba para cortar la torta.

—Mitzi, te prometo que no te haré trampa —le dije dulcemente. Estaba de tan buen humor que ni Mitzi podía fastidiarme.

—¡Esta torta de chocolate se ve fabulosa! —exclamé.

Enterré el cuchillo en la torta.

Se me zafó.

—¡Ay! —grité cuando la hoja del cuchillo me cortó en la palma de la mano.

Levanté la mano y me quedé viendo la herida.

—¡Hey! —barboteé sorprendido.

¿Qué era eso que salía de la herida?

No era sangre.

Era algo rojo, azul, amarillo y negro.

¡TINTA!

—¡Qué cosa tan curiosa! —exclamó Mitzi.

—¿Dónde está la nueva revista de *El Mutante Enmascarado?* —pregunté. De repente tuve la sensación de que, ¡mi carrera en las revistas de historietas no había concluido!

Escalofríos